여행하는
채소 가게

일러두기

본문의 주석은 옮긴이가 표기한 것입니다.

◆ 표시의 주석은 지은이가 표기한 것입니다.

Photograph Masahiro "Lai" Arai(Sun Talk)

Illustration Ken Sugihara(FUSTY WORKS)

Title logo design Ayako Arai(Sun Talk)

Book design Yuichi Urushihara(tento)

Editing Kayo Yabushita, Hisako Murakami, Keiko Horino(anonima-studio)

여행하는
채소 가게

지은이 **스즈키 뎃페이 • 야마시로 도오루**

옮긴이 **문희언**

haru

CONTENTS

시작하며

우리는 채소와 과일을 파는 미코토 가게.
스즈키 뎃페이와 야마시로 도오루, 동급생 콤비가 시작한 작
은 채소 가게입니다.

'미코토'라고 하면 신성하고 가까이 하기 어려워 보이지만,
신이나 목숨이라는 의미는 아닙니다.

'미코토'란
세 가지의 '진실(마코토)'이라는 말에서 나왔습니다.

'진실'이란 거짓과 위선을 하지 않는 것을 의미합니다.

진실이 담긴 말, 진실이 담긴 행동, 진실이 담긴 뜻

이 세 가지 '진실'이 나란히 있는 것을
옛날 사람은 '훌륭하다(미고토)'고 말했습니다.

'미코토'의 유래는 이렇습니다.
아직은 보잘것없는 우리지만,
'훌륭함'을 목표로 살고 싶습니다.
이런 생각에서 채소 가게, 미코토 가게가 태어났습니다.

여
행
의

시
작

The Beginning of our traveling

1

무엇인가
부족한　　　　　　　**나날**

　무언가를 시작하게 된 계기라는 것은 한 가지로 한정할 수는 없습니다.

　우리가 미코토 가게를 시작한 이유도 많이 있으며, 대략 20여 가지 정도입니다.

　그중에서도 가장 큰 계기는 네팔의 산속에 있는 존슨이라는 마을에서 먹었던 '사과'입니다.

　우리는 그것을 '시작의 열매'라고 부릅니다.

　저, 스즈키 뎃페이와 파트너 야마시로 도오루는 고등학교 동창생입니다. 함께 축구부 활동을 하고, 같은 아르바이트를 하며 휴일을 보내면서 고등학교 3년간 부모와 여자 친구보다 더 긴 시간을 함께 보냈습니다. 게다가 요코하마 시 아오바 구에서 태어나 자란 우리는 고향도 같아서 다른 대학에 진학했어도 항상 함께였 습니다. 밤마다 놀러 다니며 해가 질 때까지 자느라 해를 볼 일이 없었습니다. 지금 생각하면 여자에게 인기 있는 척, 잘난 척했지 만 결국에는 촌스러웠던 우리의 푸른 봄이었습니다.

저는 일상에 자극을 얻고 싶어 대학을 휴학하고 1년간 미국 서 남부를 여행했습니다. 현지에서 낡은 중고차를 한 대 산 후, 뒷좌 석을 전부 드러내 버리고 침대 삼아 생활했습니다. 인디언 원주 민의 정신에 감화받아 '인디언 리저베이션Indian Reservation'이라는 그들의 지정 거주 지역을 매일 방랑했습니다. 인디언 보석과 러 그, 헌 옷을 사러 다니며 식사는 오로지 햄버거와 체리 코크, 그 리고 슈퍼마켓에서 파는 50개 정도 들어 있는 둥근 도넛만 먹었 습니다. 그야말로 정크 스타일 여행이었습니다.

내일의 예정도 전혀 없고 시간만 무한대로 있는 것 같은 기분 이 들었습니다.

"나는 앞으로 어떤 인생을 보낼까?"

"내가 태어난 의미는 도대체 무엇일까?"

당시에는 그런 것만 생각했습니다.

생물학적으로는 같은 몽골로이드인 일본인과 인디언 원주민. 다른 문화를 받아들여 근대화를 달성한 일본인과 시대와 상황이 변해도 자신의 가치관을 굳건하게 지킨 인디언 원주민.

귀국 후, 복학한 저는 어쨌든 대학을 졸업했습니다. 그러나 미국에서 피어나기 시작한 무언가는 어느새 일상 속에서 사라져 갔고, 결국 취업했습니다.

무엇을 하고 싶은지 모른 채, 아무 생각 없이 본 면접에서 합격하여 회사에 다녔습니다. 저는 보석 영업사원으로 취직했습니다. 같은 시기 대학을 졸업한 도오루는 나고야에서 주택 영업사원으로 취직했습니다.

제가 취직한 회사는 이른바 방문판매라는 영업 형태의 회사로 어쩐지 수상쩍은 분위기였습니다. 스스로도 원하지 않는 것을 '멋지다'고 말하며 파는 것이 일이었습니다. 마음 어딘가에서 죄악감을 느끼면서도 시간이 지날수록 수입은 늘어났습니다. 제 나름의 오기도 발동하여 영업 성적과 월급은 점점 올라갔습니다.

그러자 다음 해에 이번에는 도오루가 같은 회사에 취직했습니다. 또다시 같은 길을 걷게 되었습니다.

열의를 갖고 바보 같은 이야기로 상대의 약점을 파고드는 저와 상대의 심리를 냉정하게 판단해서 논리정연하게 구매 의욕을 돋우는 도오루였습니다. 이렇게 서로 다른 묘한 콤비의 영업 성적은 점점 올라가서 두 사람이 지사를 낼 정도로 성장했습니다. 그러다가 조직에서 독립하여 우리는 나름대로 돈을 벌었습니다.

어느 사이에 우리의 동기는 '남자의 보람은 돈을 버는 것'이 되어 아침부터 밤까지 놀라울 정도로 일하고, 쉬는 날은 오로지 잠만 자는 나날을 반복했습니다.

"내가 원하지 않는 것을 판매하는 것은 좋은 일은 아니다. 그러나 설득하여 사게 하니까 나쁜 것도 아니다."

그렇게 애매한 고민을 품은 채 기계적으로 일하며 매일을 보냈습니다. 당연한 일이지만, 그런 날은 오래가지 못했습니다. 나름대로 돈을 벌어도 역시 무언가가 부족했습니다.

"풍요로움이란 뭐지?"

"인생이란?"

"행복이란?"

"돈을 번다는 것은?"

이런 질문만 매일 지겹도록 하던 우리는 그 답을 '여행'에서 얻었습니다. 무언가가 부족한지는 모르지만, 여행을 떠나면 변할 거로 생각했습니다.

그 당시, 26세였습니다.

계기는
작은   **'사과'**

많은 돈을 소유하는 것만이 풍요는 아니라는 것.

우선 이 점을 확인하고 싶어서 인도와 네팔을 여행지로 결정했습니다. 가난한 나라의 일상에 발을 들이고 싶다고 생각했습니다.

누구라도 한 번 가면 인생의 가치관이 변한다는 인도에서는 아주 힘든 경험을 했습니다. 우리는 무엇이든 받아들이려고 기본적으로 싱글싱글 웃으며 마음을 열고 거리를 걸었습니다. 그러자 친절한 얼굴을 한 인도인들이 자꾸 말을 걸었습니다. "오! 마음이 맞네!" 하며 바로 사이가 좋아지면 그들은 전부 배신했습니다. 뉴델리에서는 수상한 여행회사에 끌려가기도 하고, 10여 명에게 둘러싸여 위협받기도 하고, 갠지스 강에서 목욕을 하자 붉은 반점이 생기고……. 여행 중 문제가 발생하는 것은 어쩔 수 없다고 해도 꽤 힘들었습니다.

그런 삐걱거리던 인도와 비교해 네팔에 들어서자 뭐라 말할 수 없는 안도감이 들었습니다. 네팔은 히말라야의 현관문이며 해외에서 온 관광객을 대접하는 것을 생업으로 삼고 사는 사람이 많아서 모두 우호적이며 친절했습니다.

무엇보다 그들의 일하는 방식이 아주 기분 좋았습니다.

아침에는 해가 뜨기 전에 모두 일어나 일하기 시작해서 해가 질 때쯤에는 가게 문을 닫습니다. 수도인 카트만두도 오후 7시에는 거의 문을 닫습니다. 반짝반짝하는 일본과는 전혀 다른 조용한 밤입니다. 그것이 좋고 싫다는 것이 아니라, 태양과 같은 리듬으로 사는 사람들이 부럽다고 생각했습니다.

네팔에 온 이후로는 히말라야의 산을 가까이서 느끼고 싶어졌습니다. 대단한 준비도 없이 거의 열정만으로 결정한 안나푸르나 도보여행은 상상 이상으로 가혹했습니다. 황량한 대지에 식물은 없고 눈에 들어오는 풍경이라고는 눈에 뒤덮인 흰 산, 그리고 잿빛의 바위 사이에 걸려 있는 타르쵸(경전을 적은 5색 깃발) 정도였습니다. 오로지 계속 건조한 자갈길만 이어지고 바람은 차갑고 햇볕은 잔인했습니다. 몇 번이나 좌절하면서도 웅대하고 아름다운 다울라기리 산에게 등을 떠밀려 계속 걸었습니다.

작은 사과와 만나기 전까지는 힘든 시간을 보냈습니다.

맨발로 산속을 걷는 구룽 족 아줌마가 머리에 짊어진 바구니에서 꺼내 준 것은 작은 연홍색 사과였습니다.

겨우 사과, 흔하디 흔한 사과.

지친 몸에 딱 맞는 타이밍이었습니다. 아주 맛있어서 마음을 비우고 덥석 깨물어 먹었습니다. 무언가를 먹는다는 행위가 이렇게 마음에 스며든 것은 처음이었습니다.

험준한 환경 아래에서 자란 사과는 크기도 작고 색도 얼룩졌습니다. 그러나 누군가에게 무언가 만족스러운 감정을 느끼게 해주었습니다.

사과가 계기가 되어 우리는 '먹는다'라는 것을 점점 진심으로 생각하게 되었습니다.

"보통 아무 생각 없이 먹는 것들은 도대체 어디에서 오는 것일까?"

"오늘 먹은 쌀과 채소는 어떻게 자랐을까?"

이런저런 생각을 하면서 음식이 자라는 생생한 현장이 보고 싶어졌고, 우리 손으로 '땅을 만지고 싶다'고 생각하기 시작했습니다.

농가로
향하는 길

생각해 보면 길은 열려 있습니다.

귀국한 후 바로 우리를 받아줄 농가를 찾았습니다. 우선 근처 농가를 방문하거나 농업 관련 책을 읽으면서 무료 전단에 소개되어 있는 밭에 놀러 가고는 했습니다. 충동적이지만 기를 쓰고 덤벼들었습니다. '자연 재배'라는 것을 알게 된 것도 그 때였습니다.

마침 그때, 아오모리 현의 사과 농가인 기무라 아키노리 씨의 '사과는 사랑으로 자란다'라는 다큐멘터리 방송을 보았습니다.

농약 없이는 재배할 수 없다는 사과를 농약은 물론 비료도 주지 않고 기르는 기무라 씨 모습에 충격 받았습니다. 가능한 한 밭을 자연 상태에 가깝게 만들면 그곳에 풍부한 생태계가 생깁니다. 철저한 자연 관찰을 통해 사과를 기르는 기무라 씨의 '내 눈이 농약이고, 비료입니다'라는 말에 사로잡혔습니다.

그리고 무엇보다 자연스러운 라이프스타일을 제안하는 유기농 가게 '내추럴 하모니'와의 만남은 둘도 없이 소중했습니다.

내추럴 하모니는 '프란츠'라는 창고를 개조한 산타페 풍의 멋진 곳으로 헴프와 유기농 면으로 만든 의류, 서핑 용품, 유기농 화장품, 그리고 유기농 채소와 과일을 판매했습니다. 2층에는 '쿠칼라'라는 천장과 벽을 회반죽으로 칠한 동굴 같은 바도 있습니다.

그곳에서 내추럴 하모니 대표인 가와나 히데오 씨를 만났습니다. 직원들은 그를 '대장'이라고 부를 정도로 친해지기 쉬운 성품과 힘찬 언행은 바야흐로 자연 재배를 '세상에 널리 퍼뜨리는 선구자라는 느낌이었습니다. 대장의 이야기를 들으면 들을수록 자연 재배란 단지 농법이 아니라 자연을 존경하고, 자연을 따라 하고, 자연을 존중하는 자세를 가진 사람이 세상을 사는 방법이라는 것을 직감했습니다.

저는 완전히 자연 재배에 매료되어 재빨리 도오루에게 자연 재배에 관해서 이야기했습니다.

"어쨌든 나는 자연 재배 현장에 가고 싶어. 농사를 지을지 안지을지는 모르지만 무언가를 발견할 수 있을 거야"라며 도오루에게 권유했습니다. 가와나 대표에게 농업연수생으로 받아 줄 농가를 부탁했습니다. 그리고 2007년 봄, 우리는 지바 현 나리타 시에 있는 확고한 신념을 지닌 자연 재배 농가에서 수업을 받았습니다.

나리타에는 연수생의 밭이 있어서 출하 작업 사이사이에 밭일을 할 수 있었습니다. 아무리 스승이 가르쳐 준다고 해도 생각 대로 되지 않는 것이 자연의 이치입니다. 그래도 가늘고 긴 당근과 몹시 휘어진 무 등 직접 씨앗을 뿌린 채소가 모양을 갖추는 과정은 우리에게 여러 생각을 안겨 주었습니다.

한쪽은 스승의 밭으로 훌륭하고 아름다운 자연 재배로 기른 채소가 자라고 있었습니다. 스승의 밭에서 나온 농약과 비료를 의지하지 않고 기른 채소는 히말라야에서 먹었던 사과처럼 생기가 넘쳐서 아주 맑은 맛이 났습니다. "역시 이거다 이거"라고 생각하면서 "우리도 농사를 짓고 싶어"라는 생각이 매일매일 자랐습니다.

내추럴 하모니에서 1년간의 연수 후 "그럼 다음은 무엇을 할까?" 하던 시기에 도오루는 농사일 때문에 허리가 안 좋아졌습니다. "앞으로 농사를 지으려면 경영을 공부할 필요가 있다"고 생각해서 도오루는 고향인 요코하마로 돌아가 경영과 회계를 공부했습니다.

한편, 저는 더욱 실천적인 농업을 배우고 싶다고 생각했습니다. 마침 같은 지바 현 이스미 시에 있는 '브라운즈 필드'에서 남자 일손을 찾는다는 이야기를 지인을 통해 들었습니다.

브라운즈 필드는 사진가인 에버렛 브라운 씨와 마크로비오틱(뿌리부터 껍질까지 음식을 통째로 먹는 조리법) 요리연구가인 나카지마 데코 씨가 사는 전답이 딸린 오래된 집으로 옛날의 지혜를 바탕으로 자연과 함께 사는 공간입니다. 이벤트로 몇 번인가 방문한 적이 있는 아주 좋아하는 장소입니다. "어쨌든 한 번 놀러 가 보자!"라며 저녁 식사 시간에 브라운즈 필드를 찾아갔습니다. 주변에서는 보이지 않을 정도로 높은 나무로 둘러싸인 오래된 집 한 채. 외부의 아궁이에서는 밥 짓는 좋은 냄새와 흰 연기, 안채에서는 주황 빛이 흘러나왔습니다. 데코 씨와 가족, 직원 모두 함께하는 식사는 따뜻한 분위기의 정말 즐거운 시간이었습니다. "고향이 있다면 이런 느낌일까"라고 생각한 것이 기억납니다. 당연히 바로 "여기에서 살고 싶어!"라는 마음이 들어 재빨리 데코 씨에게 부탁했습니다. 그렇게 저의 2년째 전담 생활이 결정되었습니다.

브라운즈 필드에서는 눈앞의 전답에서 자급용과 근처 카페용으로 유기농 채소와 쌀을 길렀습니다. 일본의 전통 음식재료인 간장과 된장, 매실 장아찌 등의 발효 식품도 직접 만들었습니다. 부엌 쓰레기는 퇴비로 사용하고, 다 먹은 접시를 닦을 걸레나 세제 같은 것은 없습니다. 뜨거운 물로 머리를 감고, 린스 대신 식초를 사용합니다. 그 밖에도 빗물 탱크, 바이오 디젤 자동차 등 가능한 한 환경에 부담을 주지 않는 삶을 꾸렸습니다.

직원은 안채 이외에도 나무집과 해먹 등 유목민의 이동식 텐트인 티바에서 잤습니다. 개, 고양이, 닭, 오리 등 여러 가지 동물이 북적거리며 공존하는 에코 마을입니다. 저처럼 음식과 잠자리를 받는 대신 노동력을 제공하는 젊은이가 세계에서 모여드는 커뮤니티 베이스 같은 장소입니다.

해가 뜨면 동시에 눈이 떠지고, 땀을 흘리며 밭일을 하고, 현미 채식 식단의 밥을 먹고, 개구리와 귀뚜라미의 울음소리와 함께 밤하늘을 바라보며 잠들었습니다. 이런 단순한 라이프스타일은 불필요한 것을 깎아 없애는 작업처럼 여겨졌습니다. 그리고 그곳에 모인 자유로운 마인드를 가진 동료와 만날 수 있었습니다. 나리타와 이스미, 지바에서 보낸 2년간은 지금 미코토 가게의 뿌리가 되었습니다.

채소 가게가
된   이유

그럼에도 불구하고 우리는 '경작하는 사람'이라는 길을 선택
하지 않았습니다.

농약과 비료를 사용하지 않고 진심을 다해 기른 채소도 크기,
색, 상처 등 겉보기에 조금이라도 규격에 맞지 않으면 기존의 유
통 방식으로는 판매할 수 없는 현실을 깨달았기 때문입니다.

내추럴 하모니에서의 농업 연수 시절, 지바 현 조시 시에 있는
농가에도 신세를 진 적이 있습니다. 여름철이라 매일 아침 3시에
일어나 4시까지 밭으로 나갔습니다. 아침 이슬 속에서 떠오르는
아침 해를 뒤로하고 풋콩과 옥수수를 수확한 후 수확한 채소를
경트럭에 실어 작업실로 운반하여 선별합니다. 아침 식사를 먹고

나면 이번에는 상자에 넣습니다. 짐받이에 상자가 산처럼 쌓이면
경트럭으로 운반하여 시장에 출하합니다.

　시장에 가면 채소 감정을 받습니다. 채소를 함부로 다루는 것
이 굉장히 곤혹스러웠습니다. 예를 들면 옥수수는 상자에서 가장
위의 2, 3개만 보고 조금이라도 흠이 있거나 상태가 안 좋거나,
벌레를 먹었으면 한 상자 전체가 B 등급, C 등급으로 팔립니다.
심할 때는 가져간 짐 전부가 몇 개의 샘플만 평가받은 채 보통 5
분의 1 정도로 가격이 내려갑니다.

　우리가 매일 아침, 날로 덥석 먹던 자랑스러운 옥수수가 맛도
보여 주지 못한 채 겉모습만으로 평가받는 것이 안타까웠습니
다. "농약은 사용하지 않습니다!"라며 물고 늘어져도 상대해 주
지 않았습니다. 거기에 그치지 않고 더 고집 피우면 우리를 받아
준 농가의 입장도 위험해집니다. 생산자가 아닌 구매자가 압도
적으로 강한 현실……

　풀이 죽은 채 농가로 돌아와 보고하는 것은 정말 괴로웠습니
다. 솔직히 그 가격이 상자 비용과 발품에도 미치지 못한다는 것
은 초보자인 우리도 알 수 있습니다. 수확과 선별, 상자에 넣기 등
출하할 때까지 필요한 인력의 인건비, 경트럭 연료비, 많은 것을
감안했을 때 수확하면 수확할수록 적자가 됩니다. 그럴 때는 수
확하지 않고 트랙터로 밭에 들어가 그대로 밀어버리기도 합니다.

　겉보기보다 맛을 추구해서 무엇보다 먹는 사람과 환경을 생각
해서 농약과 비료를 사용하지 않고 기른 작물. 그것이 오히려 생

활을 압박하다니 큰 보상을 바란 것은 아니지만 이런 상황은 너무 심합니다.

농업을 생업으로 꾸리기 위해서는 채소를 팔아 돈을 벌 수밖에 없으므로, 농약이든 무엇이든 사용해서 규격에 맞춘 채소를 출하하려고 생각하는 것도 어쩔 수 없습니다. 농가의 현실을 가까이에서 지켜보니 자연스레 그런 생각이 들었습니다.

농약과 화학비료를 사용하는 농가라도 사실은 농약 같은 건 사용하고 싶지 않은 사람도 있습니다. "나무를 보고 숲을 보지 못한다"라고 할까, 물건과 일을 판단하는 근거는 모두 표층적인 부분으로 겉모습에 구애되어 중요한 내용을 보려 하지 않습니다. 이것은 지금의 사회를 통째로 투영해서 보여 주는 것 같습니다.

왜 이렇게 되어 버린 것일까? 이유를 찾았습니다.

슈퍼마켓에 진열된 채소와 과일은 모두 색이나 모양이 훌륭합니다. 그도 그럴 것이 보통 유통되는 채소에는 엄한 규격이 있기 때문입니다. 엄격한 선별 과정을 통과한 채소만이 시장에 나올 수 있습니다.

한편, 규격 외의 채소는 구부러지거나, 상처가 있거나, 색이 옅거나, 크기가 작다는 이유로 일반적으로 유통되지 못합니다. 농가는 농약과 화학비료 등을 사용해서라도 생계를 유지하기 위해 규격에 맞는 채소를 기를 수밖에 없습니다.

규격 이외 판정을 받은 채소 일부는 가공품이 되지만 대부분은 폐기됩니다. 그 폐기율은 생산량의 약 40%에 달합니다. 게다가 일본의 식량자급률은 선진국 중에서도 상당히 낮아서 농림수산성은 자급률을 올리기 위한 대책을 진행하지만, 한편에서는 먹을 수 있는 많은 음식재료를 폐기하는 이상한 현실을 좀 더 생각해 볼 필요가 있습니다.

물론 색과 모양이 맛있는 채소를 구분하는 방법이 될 수도 있으나 자연계에서 불규칙한 것은 당연합니다. 채소도 인간도 중요한 것은 '내용'입니다. 그것은 '개성'이며 거기에 '우열'은 없습니다. 이런 인식이 사회에 좀 더 퍼지면 채소의 유통 규격도 크게 변할 것입니다.

수요가 있으므로 공급이 있듯, 소비자가 색과 모양, 보기에 예쁜 것을 원하니까 농가에서 예쁜 채소를 만들 수밖에 없습니다.

소비자의 인식이 바뀌면 농약 사용량도 줄어들 것입니다.

슈퍼마켓의 규격도 바뀔 수 있습니다.

학교의 교실과 회사 사무실에서 친구와 동료가 자신과 똑같이 생겼다면 어떨까요? 그거야말로 기분 나쁩니다. 모두 똑같다면 자리를 바꾸는 설렘도 첫사랑의 두근거림도 없을 것입니다.

채소도 인간도 십인십색입니다. 우리와 똑같이 개성 있는 것이 당연하고, 그런 다양성을 인정하는 세상이 되기를 바랍니다.

일본에서는 특히 모난 돌은 정 맞는다는 말이 있을 정도로 타인과 다르면 소외당하고, 모두 한 방향을 바라볼 것을 강요받습니다. 진짜 '협조'란 같은 틀에 맞추는 것이 아닌 각각의 개성과 독자성을 서로 인정하고 맞추는 것입니다.

또한, 생산과 소비, 수요와 공급이 단절되어 있어 큰 골이 생긴 유통 조직에도 문제가 있다는 것을 알았습니다.

농가는 시장에 출하하면 자신이 기른 것을 누가 먹을지 절대 알 수 없습니다. 그것은 소비자도 마찬가지입니다. "얼굴이 보이는 채소"라며 생산자의 얼굴 사진을 붙인 채소를 보고 소비자는 무슨 상상을 할까요?

농가도 누가 먹을지 전혀 모르면 될 대로 되겠지라는 생각을 할 수도 있습니다. 부끄럽지만 사실 저는 앞에서 이야기한 출하장에 갔을 때 겉모습이 좋은 것을 상자 위쪽에 넣거나 쌓여 있는 상자의 제일 위에는 좋은 것만 넣은 상자를 올리며 저항하기도 했습니다. 결국, 농가에게 '쓰레기 같은 짓 그만해라'라는 일갈을 들었습니다.

그러나 어떤 사람이 먹을 것인지 안다면 좀 더 자신이 출하한 작물을 책임질 수 있습니다. 적어도 자신이 먹는 것에만 농약을 사용하지 않는 일은 안 하지 않을까요?

그리고 무엇보다 생산자가 소비자의 생생한 소리를 직접 들을 수 있다면 더할 나위 없이 보람찰 것입니다. 농가에게 가장 기쁜 것은 먹어 준 사람의 '맛있었어'라는 한 마디입니다. 역시 그것에 구애받습니다. 반대로 그것이 부정적인 목소리라도 고생해서 기른 것에 무언가 반응이 있다면 대처 반응으로 이어질 것입니다.

이런 문제를 해결하려면 농가뿐만 아니라 소비자, 그리고 둘 사이에 다리가 되는 유통이 변해야 합니다. 그것이 우리가 채소 가게가 돼야겠다고 생각한 이유입니다.

보기에 나쁘다고 팔리지 않는다면 우리는 못생긴 채소도 사들이는 채소 가게가 되자.

그리고 생산자와 소비자의 거리를 줄일 수 있는 채소 가게가 되자.

그것은 농가가 기른 채소에 밭의 정경과 인품, 이야기를 담아 식탁으로 옮기는 것이며, 먹어 준 사람들의 솔직한 감상을 농가에 돌려 주는 것입니다.

지금까지 없었던 새로운 채소 가게가 되자고 생각했습니다.

나다운
채소 가게의   모습

　나다운 채소 가게란 무엇일까요? 어떻게 하면 좋을까요? 생
각해 보았습니다.
　'채소 가게'지만 점포는 보류하고 자택의 방 하나를 고쳐서 사
무실로 사용했습니다. 우선 안정된 판매를 위해서 채소 택배를
시작했습니다.
　'채소 펍집숍', 왠지 멋져 보이는 이름을 붙여 처음에는 연줄
이 있는 한 두 농가에게 채소를 사서 채소 택배 세트를 만들어 친
구와 지인 그들의 지인 등, 30여 건 정도 계약을 받아서 정기 택
배를 시작했습니다.
　우리가 선택한 채소를 우리 손으로 직접 판매했습니다. 그러
자 생산자와 채소에 담긴 이야기를 그대로 전할 수 있었고, 먹는

방법을 제안하기도 하며 그 자리에서 질문과 요청도 받았습니다. 슈퍼마켓에서 파는 채소보다 좀 더 친숙하게 다가갔습니다. 〈사자에상〉(일본의 국민 애니메이션)에 나오는 미카와 가게의 사부짱처럼 '안녕하세요! 미카와 가게입니다!'라는 느낌으로 동네 단골집의 주문을 받으러 돌아다니는 존재가 되고 싶었습니다. 열정만 갖고 시작한 채소 가게입니다. 어떻게 사업을 키워야 하는지 잘 모른 채, 계속 모색 중인 상태였습니다.

다행히 우리가 사는 요코하마 시 아오바 구라는 지역은 비교적 유기농을 지향하는 사람이 많이 사는 곳이었습니다. '모리 노오토'라는 지역 웹 미디어에서 거래를 도와 주었고, '페굴 카페Pegul cafe'라는 채식 카페가 미코토 가게의 채소를 받아 주는 등 지역의 도움을 받아 조금씩 택배 건수가 늘었습니다.

또 반년 정도 지난 후, 주말 한정의 '이동식 채소 가게'를 시작했습니다. 모바일식 집기와 채소를 차에 싣고 각지의 이벤트에 참석했습니다.

2011년에 시작해서 5년째가 되었지만 지금도 점포는 없습니다.

점포를 '갖고 싶지 않았다'보다는 '갖지 못했다'이지만, 없으면 없는 대로 괜찮다고 긍정적으로 생각합니다. 고정된 장소 없이 가볍게 이동하는 것의 이점도 있습니다. 점포가 있으면 어쨌든 손님을 '기다리는' 수동적인 입장이지만, 자유롭게 이동하면서 이쪽에서 찾아 나서면 여러 장소에서 여러 사람을 만날 수 있습니다. 그런 만남도 나중에는 우리의 소중한 재산이 될 것입니다.

자연
재배   채소란?

전국의 농가에서 미코토 가게에 보낸 채소는 대부분 '자연 재배' 채소입니다. 자연 재배 이외에도 유기농 재배, 무농약 재배, 자연농법, 자연농, 부경기 재배, 탄소순환 농법, 바이오다이내믹 농법 등 이 작은 섬나라에만 이렇게나 다양한 재배 방법이 있습니다.

어떤 농법이라도 안전하고 질이 좋은 먹거리를 생산하는 것, 환경을 지키는 것, 자연과의 공생, 지역 자급과 순환, 지역을 유지하는 것, 생물 다양성을 보호하는 것 등 여러 가지 이유로부터 농약과 화학비료를 사용하는 일반적인 관행농법◆을 교체하는 농법에서 탄생합니다. 각지의 농가들은 매일 각각의 농법을 연마하고 있습니다.

각각의 농법에는 정의가 있고, 완전히 기존의 농법에 익숙해져 있는 농가도 있고, 각각의 좋은 점을 조합하고 있는 농가도 있고, 작물에 따라서 유연하게 재배 방법을 바꾸는 농가도 있습니다. 물론 농가는 채소를 길러서 파는 것을 생업으로 하고 있으므로 기존의 관행농법을 계속하면서도 한편으로는 순환형 유기농 재배와 씨름하는 농가도 있습니다.

미코토 가게는 그중에서도 특히 자연 재배 작물을 주로 취급하고 있어서 '자연 재배의 정의란 무엇인가요?'라는 질문을 자주 받습니다.

자연 재배는 확실하게 정의를 내릴 수는 없습니다. 다만, 어디까지나 우리 나름대로 깨달은 것으로, 자연 재배라는 것은 채소와 땅이 본래 가지고 있는 힘을 최대한 끌어내 농약은 물론이고 비료 등을 사용하지 않고 작물을 기르는 재배 방법입니다. 농약을 사용하지 않으면 채소는 자신의 몸을 스스로 지키는 힘을 기릅니다. 비료를 주지 않는 대신에 스스로 깊이 뿌리 내리고, 영양분을 취할 수 있도록 힘을 길러 주는 것입니다.

또한, 자주 '유기농 재배와는 어떻게 다른가요?'라는 질문을 받습니다. 유기농 재배는 영양 공급을 목적으로 쇠똥, 닭똥, 쌀겨나 톱밥 등 유기질 비료를 사용하는 재배 방법입니다. 또한, 그다지 잘 알려지지는 않았지만 사실 'JSA 유기 규격(일본 유기농제품 인증)'에서는 30종류 이상의 농약 사용을 인정하고 있습니다. 물론 100% 무농약으로 유기농 재배를 하는 농가도 많이 있습니다.

그러면 왜 자연 재배는 비료를 사용하지 않는 걸까요?

자연 재배의 베테랑인 농가에게 '주변 밭에는 벌레가 많이 발생했지만, 우리 밭에는 전혀 없어요'라는 말을 자주 듣습니다. 물론 자연 재배 밭에도 벌레는 있지만, 해가 지나면 지날수록 특정한 벌레가 대량 발생하지 않는 경향이 있습니다.

결국, 벌레와 병의 원인은 비료와 비료가 남아 있는 땅에 있다고 추측할 수 있습니다. '인위적으로 비료를 주지 않으니 벌레도 생기지 않는다.' 언뜻 상식과는 꽤 동떨어져 있는 이 재배 방법도 '자연'이라는 시선으로 보면 일치점이 있습니다.

예를 들면 야산과 뒤뜰에는 농약은 물론이고 비료도 주지 않습니다. 그러나 산채와 과실, 그 밖의 여러 가지 식물은 벌레와 병에 걸리지 않고 씩씩하게 자라고, 매년 변함없이 열매를 맺고 있습니다. 야산과 뒤뜰 외에서도 가끔 눈에 띄는 아스팔트의 균열 사이로 싹을 틔우는 식물은 어디서도 영양을 공급받지 못합니다. 결국, 대지는 본래 식물이 자라는 것만으로도 에너지를 얻는다고 생각합니다.

물론 식물도 필사적입니다. 땅속의 미생물과 세균, 각각의 존재의 힘을 빌려서 땅속 깊이 뿌리 내리고, 자신의 성장에 필요한 수분과 영양분을 어디서든 찾습니다. 스스로 살아남기 위한 노력을 힘껏 하고 있습니다.

비료를 주면 식물이 본래 갖추고 있는 소질과 생명력을 과보호하여 응석 부리게 하고 결과적으로는 능력을 나태하게 만듭니다. 이것은 식물뿐만 아니라 인간도 똑같습니다. 농약과 비료가 없어도 식물은 훌륭하게 꽃을 피우며, 열매를 맺고, 씨앗을 남길 수 있습니다.

그렇다고 해서 자연 재배가 옳다든가, 이것 이외의 재배 방법 은 틀렸다든가, 그런 이야기를 하려는 것은 아닙니다. 애초에 완벽한 농법은 존재하지 않습니다.

토지, 기후, 여러 가지 환경의 차이에 따라서 작물을 기르는 방법이 다른 것이 당연합니다. 하나의 재배 방법, 농법으로 묶는 것은 무리입니다. 무엇보다 기르는 사람이 틀릴 리 없으니까 농가의 수만큼, 더 말하자면 밭의 수만큼 품종의 수만큼, 재배 방법이 있습니다.

'아이는 이렇게 길러야 한다' 같은 육아 책에 위화감을 느끼듯이 좀 더 유연해야 합니다. 의외를 인정하지 않는 사고방식에는 때로 답답함을 느낍니다. 폐쇄성은 자연 재배와 유기농 재배가 널리 퍼지지 못하는 원인 중에 하나라고 생각합니다. 좀 더 격식 없는 가벼움도 필요합니다. '여러 가지가 있으니까 좋잖아'라는 다양성이 필요합니다.

지금까지 농업이라는 일에 진심을 담아 작물을 체계화하여 여러 가지 농법과 재배 방법을 만들었습니다. 애정을 갖고 작물을 길러 왔던 농가가 각각 깨달음을 모아서 보급하기 위해 체계화한 것입니다. 그리고 그것은 배움의 양식과 참고가 되는 것이지 의심하고 부정해야 하는 것이 아닙니다.

농업은 비록 '업'이라는 말이 붙어 있다고 해도 자연이 이룬 장대한 세계입니다. 무엇이 바르고 무엇이 나쁜지 사실은 아무도 모릅니다. 그러므로 밭을 직접 일군 '사람'의 생각과 자세를 믿고 좋은 것을 선택할 필요가 있습니다.

미코토 가게도 개업 당시에는 자연 재배를 고집하며 산지와 생산자를 선택했습니다. '자연 재배만 취급한다. 그것이 미코토 가게의 원칙!'이라고 외치던 시기도 있었습니다. 그러나 산지를 둘러보는 여행에 나서면서 정말 여러 농가가 있다는 것을 깨달았습니다.

농가와 직접 만나 밭을 둘러싼 여러 가지 이야기를 들으면서, 농부들의 인품과 작물에 대한 생각 등을 알아 갔습니다. 새롭게 도전하는 모습과 아쉽지만 단념할 수밖에 없었던 모습 등 농부들의 여러 가지 이상과 현실이 교차하는 밭은 다양성이 넘치는 농가의 인생 자체라고 느꼈습니다.

결국, 농가의 일은 식물이 살아가는 힘을 최대한으로 끌어내도록 '환경'을 정리해 주는 것이라고 생각합니다. 자연 재배로 농작물을 기르는 농부는 이렇게 말했습니다.

"채소도 아이와 같습니다. 결국, 환경이 부모입니다. 채소도 아이도 제멋대로 자랍니다." 그리고 농부는 자기의 채소를 '만들었다'고 하지 않고 '길렀다'고 말합니다. 자연 재배 채소는 이런 농부의 노력과 겸허한 자세에 의해 자랍니다.

'구애된다'라는 말은 에도 시대에는 '물건을 사용한다', '트집을 잡다'라는 의미로 사용했지만, 본래는 '무언가에 마음을 사로 잡혀서 자유롭게 생각할 수 없게 된다'는 의미입니다. 물론 지금 도 자연 재배 채소는 아주 좋아해서 응원하고 있지만, 여러 농민 을 만나는 와중에 '구애되다'에서 벗어났습니다. 우리는 단순히 자연 재배에 매료된 것뿐입니다.

자연 재배를 가르쳐 준 스승은 이렇게 말했습니다.

"자연이라는 건 사실은 누구도 모르는 것이다. 단지 자연에 바싹 달라붙어 배우려는 마음만 있으면 항상 자연은 답을 가르 쳐 준다."

말로 표현하면 조금 딱딱하지만 그래도 자연 재배를 통해서 사람이 존재하는 방법과 살아가는 방법을 배우고 있다는 생각 이 듭니다. 작물과 사람의 본래의 힘을 끌어내는 자연 재배. 우리 가 자연 재배 작물을 중심으로 채소 가게를 운영하는 이유가 바 로 그것입니다.

◆**관행농법** 세간에서 일반적으로 행하는 농법. 현재 일본에서는 농약과 화학비료를 사용해서 농산물을 재배하는 근대적인 농법 으로 알려졌다. 지역에 따라 기후 조건이 다 르므로 관행농법에도 지역 차가 있다. 그러 므로 농약과 화학비료 사용 횟수와 사용량 에 대한 전국 일률적인 표준 기준은 없다.

자연 재배 채소의
기준이 되기   위해서

　자연 재배를 포함한 유기농에 대한 이해와 흥미가 깊어졌지만
국내의 경지 면적에서 차지하는 유기농 재배 비율은 아직 0.4%의
극소수입니다. 생산자도 적고 취급하는 업자와 살 수 있는 장소
도 적습니다. 관심은 있지만 가격이 꽤 비싸서 일반적으로 사지
못하는 사람도 많습니다. 또한, 자연 재배라든가 유기농 이야기
를 하면 '엄격한 자연주의자다!', '까다로운 정신을 중요시하는
사람이다!'라는 이미지가 있어서 추천하기는커녕 역으로 경원시
당하는 일도 있었습니다.

　결국, 자연 재배 채소는 '한정된 일부 사람들의 기호품'이라는
범주를 벗어나지 못하고 있습니다. 어떻게 하면 좀 더 젊은 세대
도 가볍게 자연 재배 채소를 즐길 수 있을까? 이것이 우리의 가장

중요한 목표가 되었습니다.

이미 흥미가 있는 사람에게 자연 재배 채소의 매력을 좀 더 전달하는 것도 중요하지만, 우리가 좋아하는 채소를 누구라도 곁에 두고 먹을 수 있는 '기준이 되는 것'으로 만들고 싶습니다. 물론 1을 2와 3으로 만드는 것보다 0에서 1을 만들어 내는 쪽이 확실히 더 어렵다는 것은 알고 있습니다. 그래도 계속 아는 사람만 즐긴다면 언제까지라도 자연 재배와 유기농은 주류로 올라갈 수 없을 것입니다.

그래서 미코토 가게는 유기농 관련 벼룩시장에만 나가지 않고 음악과 미술, 스포츠, 패션, 크래프트 등 음식 이외의 파트너와 함께 할 수 있는 이벤트 참여에 힘을 쏟았습니다. 장르는 달라도 '좋은 것을 추구하는 삶'이라는 가치관으로 반드시 연결되기 때문입니다. 채소 진열 방법과 그릇 선택, 홍보 전단 디자인 등도 신경 썼습니다.

편집숍, 목공소, 디자인 사무소, 아틀리에, 갤러리 등 재미있을 것 같으면 가게 앞이든, 처마 밑이든, 주차장이든 어디든 나가서 채소를 늘어놓았습니다. 햇빛에 채소가 타버릴 것 같은 모래 해변과 눈이 내리는 숲 속에서도 판매했습니다. 때로는 팔다 남은 채소에 둘러싸여 망연자실한 적도 있습니다.

그래도 이벤트에 참가할 때는 팔릴까 팔리지 않을까 보다 우선 우리가 '두근두근하는지 아닌지'를 중요하게 생각해서 결정합니다. 그런 노력과 실수의 연장선 위에서 지금의 미코토 가게가 있습니다.

미코토 가게를 시작한지 5년, 실패의 반복이라는 면에서는 사실 지금도 그렇게 변한 것은 없습니다. 조금씩 변한 것은 그런 우리에게 공감해서 채소를 생각해 주는 고마운 사람들의 존재입니다. 그리고 그들이 있어서 아무리 작더라도 우리의 행동에서 변화가 생긴 것입니다!라는 반응을 얻을 수 있었습니다.

모든 것의 계기는 작은 사과였습니다. 그러므로 지금도 사과는 우리에게 소중한 과일입니다.

아담과 이브는 '선악을 알게 하는 나무 열매'를 먹고 자신들이 나체라는 것을 깨달았습니다. 뉴턴은 떨어지는 '사과'를 보고 만유인력의 법칙을 알았고, 스티브 잡스는 컴퓨터를 현대의 '지혜의 열매'로 만들고 싶어 한 입 깨물어 먹은 사과를 회사 로고로 사용했습니다.

정말 영광스럽게도 우리의 계기도 '사과'였습니다. 견주어 쓰는 것은 우습지만, 그래도 그때 히말라야에서 먹은 사과는 우리에게 '시작의 열매'였습니다.

column 01

◆ ◇ ◆

'자연'이라는 말

미코토 가게가 취급하는 자연 재배 채소에도 '자연'이라는 말이 붙어 있지만, 무엇을 '자연'이라고 하는 것일까요? 원래 '자연'이란 무엇일까요? 생각해 보았습니다.

농사라는 일은 반 자연스러운 행위라고 생각합니다. 인위적으로 씨앗을 뿌리고, 기르고, 수확합니다. 그런 일은 생물계에서 인간만 합니다. 본래 자연 속에서는 있을 수 없는 일입니다. 경작보다 수렵과 채집이 훨씬 자연에 가까운 것입니다. 인간은 진화 과정에서 밭을 일구고, 그것을 사료로 해서 식량을 생산하는 지혜와 기반을 구축했습니다.

과학분야 작가 콜린 닷지의 《농업은 인류의 원죄이다》라는 책이 있습니다. 일반적으로 농업은 인류에게 이득이며 농업의 발명 때문에 인류는 번영했습니다. 그래서 농업은 '선'이라고 여겨지지만, 이 책의 주장은 반대라고 말합니다.

'수렵과 채집은 수량을 비약적으로 늘릴 수는 없다. 그것은 수확물의 수보다 많은 식량을 얻을 수 없기 때문이다. 반드시 식량 증가에는 제한이 생긴다. 그러나 농업에서는 새로운 토지를 개척하여 환경에 손을 대 수량을 늘릴 수 있다. 그 결과 인류는 늘어만 가는 인구를 지탱하기 위해 농업을 대규모화할 수밖에 없다. 그리고 식량이 늘어나면 늘어난 식량은 인구를 늘린다. 사람들은 움직이지 않으면 안 된다. 농업을 하면 할수록 인구는 늘어나고 그렇게 되면 점점 농업을 열심히 해야만 된다. 인간이 알아차리지 못하는 사이 이런 나선의 악순환에 빠지고 만다. 그것이야말로 "농업은 인류의 원죄"라고 말할 수 있다'는 견해를 근거로 농업의 기원을 좇는 책으로 새로운 시각의 매우 신선한 내용이었습니다.

동시에 성경에서 농업 역사의 일부분을 읽을 수 있다는 주장도 재미있습니다. 에덴의 정원에서 아담과 이브를 추방했을 때 신은 이런 저주의 말을 했다고 합니다. '너희가 땅으로 돌아갈 때까지 얼굴에 땀을 흘리지 않고서는 빵을 얻을 수 없을 것이다(창세기 3장 19절).' 물론 저는 농업이 인류의 원죄라고는 생각하지 않습니다. 다만 이런 농업의 기원을 추구하는 것은 농업이란 무엇인가와 연결됩니다.

결국, 나는 자연과 어떻게 관여하고 싶은지가 중요합니다.

자연에는 두 종류가 있다고 생각합니다.

하나는 인간을 포함하지 않는 자연으로써의 야생입니다.

또 다른 하나는 인간을 포함한 것입니다. 100% 야생 그대로가 아니라 인간도 포함되어 서로 의지해 살아가는 것입니다. 배제가 아니라 공존의 자세입니다.

저는 완전한 야생보다는 후자가 좋다고 느낍니다. 우리에게는 자연 재배입니다.

자연 재배는 어딘지 방임적인 분위기를 풍기지만, 내팽개쳐 두면서 만족스러운 작물을 안정적으로 공급하는 것은 어렵습니다. 농부가 밭에 발을 내디디고 손을 대 마음을 다했을 때 작물은 비로소 훌륭한 결실을 맺습니다. 우리가 자연 재배를 선택한 것은 단지 맛있고, 자연과 함께 살아가는 자연에서 기분 좋은 선택이라고 생각했기 때문입니다.

Go on a farmer's trip

여행하는 채소 가게

2

여행을
떠난   이유

원래 여행을 아주 좋아합니다. 미국 서남부를 여행했던 경험
도 있습니다. 일정한 거처를 정하지 않고 마음이 내킬 때 좋아하
는 곳으로 가서 숙박하는 여행 스타일은 그 무렵부터 변하지 않
았습니다.

미코토 가게를 시작한 후 해마다 몇 번씩 '미코토 가게 호'라고
부르는 낡은 캠핑카를 타고 전국의 산지와 생산자를 방문합니다.
캠핑카에는 슬리핑백, 텐트, 난방 도구 일체와 해먹과 수영복, 축
구공까지 실려 있습니다. 여행지의 농가에서 채소를 얻고, 야영
하면서 차나 텐트에서 자기도 하니까 체재비는 거의 들지 않습니
다. '여행하는 채소 가게'라는 말도 여기에서 왔습니다.

방문한 토지에서 나온 먹을 것을 그 토지의 먹는 방식으로 먹

고, 전국의 문화와 풍토를 체험하는 여행은 매번 할 때마다 이 작은 섬나라에 아직도 우리가 알지 못하는 맛있는 것이 잔뜩 있다는 것을 깨닫습니다. 그리고 여행지에서 만난 맛있는 채소와 쌀, 소금과 조미료 등을 골라서 판매하고 있습니다.

많은 농가를 방문할 때마다 드는 생각은 농가의 수만큼 재배 방법이 존재한다는 것입니다. 제1장에서도 썼지만, 한마디로 '자연 재배'라고 해도 세심한 관리와 기술, 신념 등은 각양각색입니다. 씨앗을 뿌리는 방법부터 배토 방법, 가지 세우는 방법, 농기구 선택까지 어느 것 하나 똑같은 것이 없습니다. 물론 기후와 풍토 등 토지에 따라 달라지기도 하지만 각각 독자적인 방법이 있어서 절대적으로 이것이 옳다는 답은 존재하지 않습니다.

확실한 것은 채소를 기르기 위해서는 열심히 넘치는 애정을 쏟아야 한다는 것입니다. 채소도 살아 있는 생물이기 때문에 틀림없이 그런 농부의 생각을 헤아려 성장할 것입니다.

우리가 채소와 과일을 선택할 때 가장 중요하게 생각하는 것은 농부의 채소에 대한 '생각' 부분입니다. 채소도 밭도 농부의 인품을 전부 파악한 후, 확실한 것을 선택하고 싶습니다. 그렇게 생각하기 때문에 우리는 반드시 산지를 방문하고 있습니다.

처음 만난 농가든, 항상 신세를 지는 농가든 우선 밭을 일구는 것을 돕고 함께 식탁에 둘러앉아 식사를 하고, 기회가 있으면 하룻밤 묵기도 합니다. 단 하룻밤이라도 시간을 공유하면 농부의 인품과 생각을 한층 더 잘 알 수 있으며, 우리에 대해서도 잘 이해

해 줍니다. 물론 채소를 먹는 소비자의 목소리도 듣고 있습니다.

무엇보다 즐거운 것은 농부와 함께 '농업의 미래'를 이야기하는 것입니다. 생산과 유통의 비전을 공유하고 함께 걸어가는 것입니다. 그 중요성을 강하게 느끼고 있습니다.

우리가 전국의 산지를 여행하는 것은 맛있는 채소를 찾기 위한 것도 있고 멋진 생산자와 만나기 위해서이기도 합니다. 또한, 그 토지의 음식문화와 배경을 배우고 생산 현장을 직접 찾아야만 보이는 유통의 과제를 찾는 것도 임무의 하나입니다.

역시 우리에게 여행은 활동에 있어 영감의 원천입니다. 같은 장소에서는 보이지 않는 경치도 조금 움직이면 다른 경치를 볼 수 있습니다. 같은 것을 보더라도 그쪽과 저쪽에서 보는 방법은 다릅니다. 여행을 하면 지금까지 우리에게 없었던 시점으로 사물을 바라보거나 매일의 활동을 조금 부감하며 돌아볼 수 있습니다.

강의 물이 넘치지 않는 것은 계속 흐르기 때문입니다. 그처럼 우리도 꼼짝 않고 있으면 사고가 정체됩니다. 그러나 여행을 하면서 신선한 것과 접촉하면 사고가 순환하여 새로운 아이디어와 영감이 생긴다는 것을 실감하고 있습니다.

이런 의미로 계속 여행하는 것이 우리의 원동력이 된 것은 확실합니다.

미코토 가게는 역시 여행하는 채소 가게입니다.

자
떠나자,　　　　　　　**농가로**

올해도 또 뜨거운 여름이 찾아왔습니다. 여름의 투어는 1년 중 가장 긴 기간 동안 산지를 돕니다. 2013년은 홋카이도, 2012년은 시코쿠, 2011년은 규슈로 갔습니다.

2014년 여름은 3년 만에 다시 규슈로 가기로 했습니다.

'미코토 가게 호'를 타고 일단 가고시마로 갔습니다. 그럼, 이번 여름은 어떤 여행이었을까요?

Day 1, 2
가고시마 편

가고시마의 아침은 어김없이 쌀쌀했습니다. 요코하마에서 출발해 줄곧 20시간을 달렸습니다. 도중 너무 뜨거운 열기에 야마구치 현의 도노미에서 해수욕을 하느라 발걸음을 멈췄지만, 그것 이외에는 순조로운 여행이었습니다. 그래도 목적지 시라누이 바다가 보인 것은 늦은 밤이었습니다.

학의 비래지로 유명한 가고시마 현 이즈미 시. 조용히 잠든 마을에서 유일하게 문이 열려 있던 식당에서 미나마타 짬뽕을 먹고 바로 차로 돌아가 잤습니다. 피곤했는지 눈을 떠보니 아침이었습니다.

아침 7시, 첫 번째로 방문한 것은 수년 전부터 신세를 지고 있는 구스모토 요시히코 씨입니다.

자택으로 찾아가니 생각지도 못한 아침 식사가 기다리고 있었습니다. 메뉴는 직접 만든 매실 절임, 된장국, 밭에서 따온 오쿠라와 토마토 초절임, 차조기 잎과 양파 튀김, 가지 튀김까지 모두 구스모토 씨의 밭에서 나온 것입니다. 사양하지 않고 두 그릇이나 먹었습니다. 역시 농가의 어머니 밥은 최고로 맛있습니다.

아침 식사 후 바로 밭으로 갔습니다. 미코토 가게의 택배 세트에도 자주 등장하는 '안노 고구마'와 '다네가시마 자색 고구마' 등이 자라고 있는 고구마밭에는 혼슈에서는 거의 볼 수 없는 고구마 꽃이 피어 있었습니다. 작년 인기가 많았던 자색 참마도 올해는 많이 심어서 순조롭게 자라고 있습니다. 그 밖에도 토란, 양배추, 옥수수가 자라고 있는 밭의 총면적은 1.5㏊입니다. 부부 두 사람의 힘으로 일구고 있습니다.

구스모토 씨의 수전水田도 구경했습니다. 바로 밑에는 관행농법 수전이 있지만 벼의 색이 다릅니다. 관행농법으로 경작하는 수전은 짙은 녹색이지만, 구스모토 씨 수전의 벼는 깨끗하고 옅은 녹색입니다. 풍경에 물든 자연스러운 색입니다. 여름은 김매기로 바쁜 시기입니다. 부부 두 사람이 체인을 잡아당기고, 제초기를 밉니다. 줄기 가지치기도 잘 돼서 올해도 맛있는 히노히라키(쌀의 일종)를 먹을 수 있을 것 같습니다. 염원이었던 야생 쌀의 수전도 봤습니다. 2m가 넘는 갈대 같은 야생 쌀은 지금은 보기 힘들지만, 고대부터 있던 식물로 참 맛있습니다. 처음 본 순간 야생적인 에너지가 가차 없이 전해져 왔습니다. 줄기도 조금씩 두꺼워지는 것 같습니다.

계속 만나고 싶었던 구스모토 씨. 마음속으로 겸허하고 성실하고 정직한 사람의 모습일 거로 생각했는데 제가 상상했던 모습대로 성실한 농부였습니다. 정성스레 논밭을 돌보고, 작물은 물론 그것을 둘러싸고 있는 환경에도 마음을 쓰는 신사적인 사람입니다.

뜻밖이었던 것은 구스모토 씨에게는 농업보다 더 오랫동안 하고 있는 일이 있다는 것입니다. 20대부터 지금까지 30년 이상 계속 꽃꽂이를 하고 있습니다. 꽃과 마주하면 마음과 사고를 정리할 수 있어 지금도 지역의 소방서 등에 매주 꽃꽂이를 해 준다고 합니다. '남자뿐인 직장을 화려하게 만들고 싶다. 긴장감이 있는 곳이니까'라고 기쁜 얼굴로 말합니다.

이렇게 농부의 취미와 좋아하는 것에 관한 이야기를 듣는 것을 좋아합니다. 그 사람의 인품을 잘 알 수 있기 때문입니다. 그런 사람이 기른 채소를 식탁에 놓고 싶습니다.

그 후에는 북쪽으로 올라가서 구마모토 현 우키 시의 '다카라 농원'으로 갔습니다.

3년 전 도쿄 도 하치오지 시 다카오 쵸에서 이사 온 다카다 씨 부부는 우리와 같은 세대입니다. 카메라맨과 번역자인 부부 두 사람이 산간 지역의 8세대밖에 없는 작은 마을로 이사 와서 농사를 시작했습니다.

우리가 방문한 것은 오후로 다카다 씨 부부는 마침 오전 밭일을 끝내고 집에서 쉬고 있던 참이었습니다. "처음 뵙겠습니다"라며 땀을 훔치며 맞아 주는 웃는 얼굴이 기분 좋을 정도로 상쾌했습니다. 직접 만든 차가운 매실 주스를 내왔습니다. 이쪽도 부부의 웃는 얼굴 만큼 상쾌했습니다.

서로 자기소개를 한 후 곧바로 밭 안내를 받았습니다. 흰색과

보라색을 띤 꽃이 피어 있는 흰깨와 검은깨 밭입니다. 올라가 보니 길의 양쪽에는 작은 수전이 보입니다. 작지만 자급용으로는 딱 알맞은 크기입니다. 다카라 농원에서는 멥쌀, 흑미, 적미, 녹미 등 고대 쌀도 기르고 있어 가을에는 여러 가지 색의 이삭이 바람에 흔들린다고 합니다.

이 주변은 짐승의 피해도 크고 밭에는 전선도 뻗어 있습니다. 그중에는 귀여운 노란색 호랑이 풍선으로 위엄을 뽐내는 농가도 있습니다. 봄에는 사슴이 벼 싹을 먹고, 가을에는 멧돼지가 자주 나타난다고 합니다.

마을에서 가장 높은 곳에는 다카라 농원에서 가장 공들이고 있는 생강밭이 있습니다. 5 이랑 정도일까요. 보통 생강은 병들기 쉽고, 연작장해가 생기기 때문에 많은 양의 농약이 필요하다고 합니다. 두 사람은 연작장해의 원인이 비료에 있는 것은 아닐까 하고 생각해서 무비료 재배에 도전했습니다. 또한, 생강은 차례차례로 싹이 피기 때문에 기계로 제초할 수 없어서 이앙하기 전에 토양 훈증(농약으로 밭 전 면적에 잡초의 씨와 싹을 죽이는 것)을 하는 경우가 많지만, 무농약으로 재배할 때는 여름 내내 밭 전체의 잡초를 몇 번이나 손으로 제거해야만 합니다.

물이 있는 곳을 좋아하는 생강에게 이곳은 햇볕이 너무 강하고 관수 설비도 없습니다. 하지만 이곳의 흙은 물을 많이 머금고 있어서 맛있는 생강을 얻을 수 있습니다. 흙을 만져 보니 검고 무거웠습니다. 잎이 왕성하게 자랄 수 있는 곳으로 확실히 좋은 생강을 채취할 수 있을 것 같습니다.

이제 막 농사를 시작한 젊은 부부가 도전하고 있는 농업의 세계. 시행착오를 반복하면서 농사를 지으며 살고 있습니다. 채소와 함께 보내는 '다카라 통신'이라는 손으로 직접 만든 기와 판에는 부인이 쓴 채소를 먹는 방법과 재배 일기가 등신대로 새겨져 있습니다. 조금이라도 자신들이 만든 채소를 알리고 싶다는 마음이 전해집니다.

한계마을(마을 내의 고령화 인구 만65세 이상이 50%를 초과한 마을), 이렇게 굉장히 작은 마을에서는 젊은 부부가 귀중한 존재입니다. 근처의 아저씨나 아줌마도 신기한 얼굴로 두 사람을 신경써 주고 있다고 합니다. 그렇게 우키의 자연과 주변 사람들의 도움으로 어떻게든 해 나가고 있다는 두 사람의 얼굴은 생기가 넘쳐 빛납니다.

이 주변은 곶감의 산지라서 늦가을이 되면 집집이 처마 아래에 감을 걸어 놓아 마을은 오렌지 빛 커튼으로 둘러싸인다고 합니다. 다음에는 그때 방문하고 싶습니다.

더 북쪽으로 올라가서 사가로 갔습니다. 여기서부터는 미코토 가게의 동료인 카메라맨 Lai, 요리사 후나야마 요시노리 씨, 이 책의 기획자면서 편집을 맡은 야부시타 씨도 합류했습니다. 여행의 재미가 더 늘었습니다. 미코토 가게 호는 나가사키로 향했습니다.

Day 3

나가사키 편

    밤중에 시마하라 반도에 상륙한 우리는 아침 식사도 거르고 미나미시마바라 시로 갔습니다. 재작년에 막 농사를 시작한 야마구치 료지 씨를 방문했습니다.

    우리를 맞아 준 것은 변함없이 상쾌하고 밝은 얼굴의 그였습니다. 사실 야마구치 씨는 우리와 함께 농업 연수를 받은 동지로 어느새 6년 만의 재회였습니다.

    예전부터 청년해외협력대로서 아프리카 잠비아에서 화학을 가르치고, 캄보디아 시엠레아프에서 일하는 등 세계적인 경력을 갖고 있는 야마구치 씨에게 그 당시 세계 사람들의 생활을 배웠습니다.

    야마구치 씨는 오래되었지만 견고해 보이는 1층짜리 주택에서 혼자 살고 있습니다. 그곳에서 차로 20분 정도 떨어진 곳에 약 80a의 밭이 있습니다. 밭에서 북쪽을 올려다 보면 약 20년 전에 분화가 있었던 운젠 산이 보입니다. 이 주변의 흙은 화산재가 섞인 '검은 보쿠(일본에서 볼 수 있는 토양의 한 종류)'라고 불리는 흙으로 약간 건조하고 가벼운 흙입니다.

    우선 상당한 경사면에 밭이 있다는 점에 놀랐습니다. 야마구치 씨에게 물어보니 역시 비가 오면 겉흙이 흘러내려 간다고 하

며, 밭두렁을 높여도 재배하는 데 고전을 겪고 있다고 합니다. 간신히 기른 흰 옥수수도 키가 작고, 알이 빠진 것도 많다고 합니다.

어느 지방이나 새롭게 농업에 뛰어드는 사람은 좋은 토지를 빌릴 수 없도록 정해져 있어서, 야마구치 씨도 벽에 부딪혔습니다. 야마구치 씨는 나이 제한을 뛰어넘지 못해 조성금을 받을 수 없었습니다. 아르바이트하며 생활비를 벌어야 했기에 농사를 지으러 밭에 나가는 횟수는 줄어들 수밖에 없었습니다. 신규 농부에 대한 공적 지원은 아직 만족하기 어렵습니다. 일대 결심을 하고 지방으로 이주해서 생업으로 농업을 하려 해도 몇 년간 좌절하는 경우도 많이 있습니다. 야마구치 씨의 밭을 보며 우리도 조금 걱정되었습니다.

그래도 밭의 미래를 생각하면 긍정적인 요소도 있습니다. 밭의 옆에 심은 '우쓰기 빨간 껍질 감률 호박'은 이래도 괜찮은가! 할 정도로 무성하게 자라고 있습니다.

무엇보다 매우 기분 좋은 밭입니다. 밭에서 가장 높은 곳에서는 아리아케 바다를 한눈에 볼 수 있습니다. 이렇게 전망이 좋은 밭은 거의 없습니다. 야마구치 씨도 전망에 반해서 이곳을 선택했다고 합니다.

잠시 바다를 바라보다 문득 산을 번갈아 보니 자몽나무가 몇 그루 보입니다. 연수 시절 야마구치 씨가 화분에서 기른 묘목을 이식한 것입니다. '언젠가 나만의 밭에 심고 싶어'라고 말했던 야마구치 씨의 말이 조금씩이라도 이루어지고 있습니다.

농가의 현실은 상당히 어렵습니다. 그래도 야마구치 씨는 시간이 걸리더라도 흙 다지기부터 시작하려고 합니다. 우선 '물이 머무르기 쉽고 배수도 좋은 단위화된 땅을 만들고 싶다'며 적극적입니다.

이 밭은 분명히 자몽나무처럼 천천히 그러나 착실히 성장해서 언젠가는 훌륭한 열매를 맺을 것이라고 믿습니다.

야마구치 씨의 밭을 뒤로하고, 이 여행에서 가장 고대하던 운젠 시로 이동했습니다. 우리를 맞아 준 것은 채종(좋은 씨앗을 골라서 받는 것) 전문가인 이와사키 마사토시 씨입니다. 이와사키 씨가 낸 책은 농업 연수 시절부터 채종 교과서로 몇 번이나 읽었기에 우리에게는 계속 가 보고 싶었던 동경하는 밭입니다. "처음 뵙겠습니다"라며 악수를 건네는 이와사키 씨의 손은 뜻밖에도 부드럽고 따뜻했습니다. 이 손으로 얼마나 많은 씨앗을 보존해 왔을까요?

원래 이와사키 씨가 농업을 시작했을 무렵에는 씨앗을 사서 비료와 농약을 사용해 채소를 기르는 것이 농업이라고 생각했다고 합니다. 그러나 30년 정도 전에 건강이 안 좋아져서 누워 지냈다고 합니다. 그때 지금까지 자신이 해 온 농법에 의문이 생겨 화학비료와 농약을 가능한 사용하지 않고 토지 본래의 힘, 채소 본래의 생명력을 최대한으로 활용하는 농법으로 전환했습니다.

　그때 이와사키 씨가 주목한 것은 풍토에 뿌리를 내린 재래 '씨앗'이었습니다. 흙과 채소가 가진 본래 힘에 의지한 농법이야말로 씨앗에 힘이 있는 '재래종'이 적당하다고 생각했습니다. 지금 이와사키 씨가 연간 재배하는 50가지 채소 중에서 실제로 80% 이상의 채소는 자가 채종(직접 기른 채소에서 씨앗을 얻는 것)하고 있습니다.

　우리가 방문했던 여름의 밭에는 채소가 많지는 않았습니다. 이 지역은 태풍의 상륙 지점이고 날도 더워서 여름은 비교적 농한기라고 합니다.

　그래도 밭에는 각지의 몇몇 재래 채소가 자라고 있었습니다. 야마구치 현 농가에 받은 가키노키 재래종인 땅 오이, 미야자키 현 시바 촌에서 80년 동안 지켜온 헤이카 오이, 후쿠시마 현에서만 재배해 온 미니 호박은 원전 사고 2년 전에 받은 씨앗으로 지금은 훌륭히 운젠의 땅에 뿌리를 내렸습니다. 언젠가 다시 후쿠시마 땅으로 돌아갈 때까지 계속 씨앗을 채집하려는 것 같습니다.

　재래종 대부분은 고령의 농부가 지켜 온 경우가 많으며 보존해 오던 사람이 사망하면 그 씨앗도 함께 사라지는 경우도 많다고 합니다. 이와사키 씨에게 부탁하려고 전국에서 여러 가지 씨앗이 모입니다. "내가 하지 않으면 씨앗이 멸종된다"라는 사명감이 이와사키 씨에게 중압감이 된 시기도 있었습니다. 물론 지금도 그럴지도 모릅니다. 다만, 우리가 본 이와사키 씨는 내가 씨앗을 지키겠다는 주제넘음은 전혀 느껴지지 않았습니다.

또한, 이와사키 씨는 씨앗을 채집하는 것을 '기른다'고 말합니다. 마치 아기와 동물을 대하는 듯 부드러움과 애정이 느껴집니다. 이와사키 씨의 채소와 씨앗에 대한 자세를 느낄 수 있는 좋은 말이라고 생각합니다.

그리고 이와사키 씨는 채소의 꽃을 정말로 좋아합니다.

처음에는 씨앗을 채집하기 위한 꽃이라고 생각했지만, 언젠가 꽃에 벌레가 모이는 것을 보고, 꽃가루를 매개로 해서 사람의 마음을 따뜻하게 만들어 주는 생물의 다양성의 중심이 '꽃'이라는 것을 깨달았다고 합니다. 꽃을 통해서 채소와 이야기 나누고, 꽃에서 꼬투리, 꼬투리에서 씨앗으로 변하는 것을 지켜보면서 채소에 대한 애정이 깊어졌다고 합니다.

그러나 꽃보다 더 아름다운 것은 잎이 시들고, 뿌리가 시들어도 단지 자손을 물려주기 위해서 어떻게든 서 있는 채소의 모습이라고 합니다. 그 모습이야말로 채소의 일생 중에서 가장 아름다운 모습이라고 느끼는 것 같습니다. "채소의 일생에 스며드는 것이 농업 본래의 모습이라고 생각한다"는 말이 매우 인상적이었습니다.

본래 씨앗에는 토지의 문화와 선조들의 삶과 생각이 담겨 있습니다. 우리는 그곳에 담겨 있는 것과 지금까지 이어져 온 선조들에게 경의를 표해야 합니다. 다시 한 번 그렇게 생각했습니다.

그 후에는 도쿄 기치죠지에서 마크로비오틱 요리 강좌와 식당

을 경영하는 '유기농 베이스'의 오쿠쓰 치카시 씨와 합류했습니다. 오쿠쓰 씨는 2013년 도쿄에서 운젠 시 오바마로 가족이 모두 이주했습니다. 오쿠쓰 씨의 세심한 편의 덕분에 '증기 집'이라는 온천 가마를 사용할 수 있는 부엌 공간을 빌릴 수 있어서, 갑작스럽지만 이와사키 씨의 채소와 우리가 가고시마에서 받은 채소를 사용해서 후나야마 군이 저녁을 만들었습니다. 밤에는 이와사키 씨와 야마구치 씨도 초대했습니다.

오바마는 시마바라 반도의 서쪽에 있으며 곳곳에 구릉이 있고, 해안선은 조금 굴곡을 그리고 있습니다. 다치바나완에 접한 온천 거리 뒤쪽에 펼쳐진 가리미즈 지구는 일본 옛날 풍경의 모습이 지금도 뜨거운 김과 함께 떠다닙니다. 저녁까지 시간이 있어서 오쓰카 씨와 가리미즈 지구를 천천히 걸었습니다.

좁은 골목길과 작은 언덕이 있는 주택가는 작고 높은 언덕으로 이루어져 있어 눈 아래로는 다치바나완, 뒤로는 운젠 산의 웅대한 원생림, 그리고 온천이 보입니다. 풍부한 자연에 둘러싸인 작은 마을입니다.

작은 체육관에서는 도검사들이 검도 연극을 하고 있습니다. 바로 가까이에는 맑게 흐르는 폭포도 있는데 에도시대부터 계속 흐르고 있어 동네 사람에게는 친숙한 곳입니다. 삶 속에 자연의 폭포수가 있다는 것은 엄청난 안도감을 선사합니다.

다음으로 안내 받은 것은 '가리미즈안'이라는 카페가 운영하는 갤러리였습니다. 이곳은 세계에서 활약하는 오바마 출신 디자

이너 시로타니 고세이 씨가 운영하는 가게입니다. 오래된 민가를 개조한 건물로 빛과 바람이 잘 드는 곳입니다. 1층에서는 국내외 공예가의 작품, 아시아 각지에서 사들인 잡화, 시로타니 씨가 디자인한 작은 소품 등을 전시, 판매하고 있으며 2층은 카페입니다. 정말 아늑한 공간입니다.

가리미즈안은 오바마의 자연환경을 살리면서 삶과 관광을 연결하는 지역 활성화 프로젝트의 일환으로 문을 연 가게라고 합니다. 아틀리에가 있는 정원은 정기적으로 프리마켓과 이벤트를 열어 사람들의 교류 거점이 되고 있습니다.

아주 조금 살펴보았을 뿐이지만 오바마의 잠재력은 무시무시합니다. 오쓰카 씨가 이곳으로 이주를 결정한 이유를 어쩐지 알 것 같았던 산책이었습니다.

슬슬 배가 고파져서 채소 의외의 음식재료를 사러 모두 같이 상가 거리로 갔습니다. 오쓰카 씨 추천으로 '다나카 생선가게'에서는 훌륭한 갈치와 대합을 샀습니다. 집에서 만든 무첨가 어묵이 정말 맛있었습니다.

주방에 들어간 후나야마 씨는 사온 어패류와 호박, 가지 등과 재래종 채소를 다듬었습니다. 토막 낸 몇 종류의 호박은 소금도 뿌리지 않고 온천 가마에 쪘습니다. 바닷물이 섞인 온천은 아무 것도 넣지 않아도 충분히 맛을 낼 수 있습니다.

가키노키 재래종 오이와 카와치반칸(감귤류의 일종)을 버무린 샐러드는 산뜻하고 상쾌한 맛으로 남프랑스 등지에서는 오이와

감귤류를 섞어 먹는 것이 인기라고 합니다.

갈치와 양배추를 함께 찐 것을 청가지와 소금 레몬, 호박 줄기로 맛을 낸 육수를 졸인 소스와 곁들여 먹으니 부드럽고 깊은 맛이 났습니다. 개인적으로 가장 좋았던 것은 후쿠시마, 고키쿠, 스쿠나의 세 가지 호박과 섬 호박 줄기에 대합을 넣어 만든 시칠리아 풍 조림입니다. 담백해서 정말 맛있습니다. 조개 육수가 입안에 퍼지면서 각각의 호박이 가진 개성적인 맛이 전해집니다. 처음 본 재래종 채소지만, 망설임 없이 채소의 개성을 살려 요리한 후나야마 셰프는 역시 대단합니다.

맛있는 식사를 함께 먹으며 자연스레 이야기의 화제는 재래종으로 이어졌습니다. 니혼대학 농학부 학생들이 매년 씨앗을 채집하러 온다고 합니다. 고원에서 채집한 씨앗은 이와사키 씨의 밭에는 맞지 않으며, 씨앗 채집을 하는 사이에는 교잡 방지 그물을 치지 않고, 씨앗은 매년 작물을 통해 배우면서 지킨다고 합니다. 재래종은 개성적이며 하나하나 다른 맛이 있습니다. 그리고 그것은 우리 인간과 함께하고 있습니다. 그 모든 것을 자연을 통해 배운 이와사키 씨가 씨앗과 함께 걸어온 길고 긴 길의 중요성을 느꼈습니다.

이와사키 씨는 말합니다.

"먹어 줄 사람을 만드는 일이 씨앗을 지키는 일과 연결된다."

즉, 우리 같은 유통하는 사람의 역할이 필요합니다. 물론 사람들이 먹을 수 있는 계기를 만드는 요리사의 도움도 필요합니다.

만드는 사람, 파는 사람, 요리하는 사람, 먹는 사람, 각각 맡은 바 역할을 충실히 할 때 씨앗을 지킬 수 있습니다.

"모두 함께 지켜 나가야 합니다."

이곳에 있는 사람은 모두 같은 생각일 것입니다.

이와사키 씨에 야마구치 씨, 오쓰카 씨와 아들 케이 군, 딸 카나 양, 가리미주안의 후루쇼 씨까지 함께한 모임은 밤늦게까지 계속됐습니다. 정말 유익한 시간이었습니다. 이런 시간을 보내리라고는 생각도 못했습니다. 여러 가지 조건과 타이밍이 맞아서 멋진 분들과 멋진 시간을 공유했습니다. 덕분에 우리는 여러 가지를 배우고, 유통에서 새로운 과제를 발견했습니다. 우연인지 필연인지 기대하지 않았던 일이 여행을 재미있게 만듭니다. 여행의 참다운 묘미는 이런 것일지도 모릅니다.

시마바라를 충분히 만끽한 후, 다음 날은 페리를 타고 건너편 강가에 있는 구마모토 현 아마쿠사 시로 갔습니다.

　1년 내내 온난하고 서리가 내리지 않으며 강수량도 적당한 아마쿠사 북부에서는 옛날부터 감귤류 재배가 번성했습니다. 특히 아마쿠사나다의 바닷바람이 부는 해안을 따라 경사진 곳에서 자라는 귤은 각별합니다.

　우리가 향한 곳은 레이호쿠 지역의 '후쿠다 과수원'입니다. 심하게 경사진 귤밭에는 가을에 출하하는 고쿠와세 귤이 수확 시기를 기다리고 있었습니다. 또한, 녹색의 과실이 가지가 휘도록 열려 있어 밭을 걷기만 해도 상쾌한 향기가 납니다.

　후쿠다 씨가 농약과 비료도 사용하지 않는 자연 재배로 전향한 것은 4년 전입니다. 아이들이 통째로 입에 넣는 귤을 만들고 싶다는 생각이 계기가 되었다고 합니다. 그렇다고 무농약이니까 상처가 있어도 괜찮다는 마음은 아닙니다. "손님에게 어리광 피우면 농가가 힘들어집니다"라고 후쿠다 씨는 말합니다. 이런 말에서 후쿠다 씨가 프로 의식이 높다는 것이 느껴집니다. 또한, 과수 농가를 아이들이 동경하는 일로 만들고 싶은 생각도 있다고 합니다.

　언뜻 보면 과묵해 보이지만 안에는 뜨거운 정열이 숨 쉬는 후쿠다 씨가 만드는 귤이 궁금했습니다. 아직 수확하기에는 일러서 귤을 먹을 수는 없었지만, 돌아오는 길에 대접 받은 100% 귤 주스가 일품이었습니다. 끝 맛이 산뜻하고 단맛이 깔끔해서 참을 수 없을 정도로 맛있었습니다. 귤의 맛있음과는 또 달랐습니다. 수확이 기다려집니다.

이어서 방문한 것은 아마쿠사의 매력과 활력을 만들어 나가는 '아마쿠사 하구쿠미'의 리더인 바바 데루아키 씨입니다. 밀짚모자를 쓰고 목에는 수건, 허리에는 모기향을 달고 있습니다. 전형적인 농부 스타일이 아주 잘 어울립니다.

그의 밭도 위치가 아주 좋습니다. 아마쿠사나다에 접한 밭에서는 우리가 어제까지 있던 시마바라 반도를 조망할 수 있습니다. 햇빛이 꽤 강렬했지만 바람이 잘 통해서 그다지 덥지는 않았습니다. 풀이 바람에 흔들리고 벌레가 날아다니고, 그야말로 자연 그대로의 밭입니다.

야마가타 현에 있는 이탈리안 식당 '아를레키노'의 오쿠다 셰프가 밭에 서서 "이 밭은 심호흡할 수 있다"고 말한 것이 수긍이 가는 기분 좋은 밭입니다.

바바 씨는 이 밭에서 그럭저럭 7~8년 동안 농약과 비료를 사용하지 않고 채소를 길렀습니다. 그의 취지는 "밭에는 쓸데없는 것을 사용하지 않는 것"입니다. "100% 채취하자", "좀 더 빨리 자라라"라는 인간의 욕심이 밭에 농약과 비료를 투입하여 흙의

균형을 무너뜨린다고 합니다. 매일매일 밭에 나가서 노력과 실수를 반복해 온 바바 씨의 단순하지만 확실한 대답입니다.

또한, 농작물은 바람과 땅, 비, 햇볕, 장소의 기후와 풍토에 따라 기르는 방법과 풍미, 재배 시기 등이 변한다고 합니다. 같은 장소는 한 곳뿐입니다. 그 토지에는 무엇이 적당할까? 또 무엇이 적당하지 않을까? 그것을 헤아리는 것이 경험이라고 말합니다.

바바 씨는 항상 결과에 대한 근본적인 원인을 찾습니다. 벌레와 병이 생기면, 병에 걸리지 않는 건강한 채소를 기르는 방법은 무엇인지를 생각합니다.

"예를 들면 인플루엔자가 유행할 때 걸리는 사람도 있고 걸리지 않는 사람도 있죠? 모두 같은 병에 걸리거나 벌레에 먹히지는 않잖아요. 중요한 것은 건강한 채소가 되도록 미생물이 가득한 흙을 만드는 것입니다. 흙도 사람의 몸과 같습니다. 지구에서 사는 하나의 생물이니까요." 이렇게 말하는 바바 씨는 어딘가의 신선 같습니다.

그에게서 아마쿠사의 재래종이라는 회고 둥근 오쿠라를 받았습니다. 날 것 그대로 한입에 깨물었습니다. 부드럽고 싱싱합니다. 이렇게 산뜻하고 맛있는 오쿠라는 처음입니다. 바다의 맛도 조금 났습니다. 바닷바람이 아마쿠사나다의 미네랄을 밭으로 옮겨 주었습니다. 아마쿠사 특유의 자연환경, 섬과 바다, 그 균형이 맛있는 채소를 만들었습니다.

아마쿠사에서 이번에는 육로로 구마모토 현 다마나 군으로 갑니다. 오후부터 햇빛이 내리쬐어 미코토 가게 호는 습한 바람 속에 있는 상태였습니다. 가는 길에 구마모토 스이햐쿠센의 오다노마루 호수(지하수)에서 수영했습니다. 기분이 매우 좋아서 시간을 잊고 즐기다 보니 조금 늦게 '니시다 과수원'에 도착했습니다.

주인 니시다 준이치 씨는 구마모토에서 세계로 발신하는 기세등등한 과수 농가입니다. 만나는 것은 처음이었지만, 니시다 씨의 이야기는 여러 곳에서 들었습니다. 8㏊의 광대한 과수원임에도 불구하고 재배 품목은 단일 품종으로 구마모토 특산인 데코폰(일본에서 개발된 교잡종 감귤) 같은 감귤류와 복숭아와 감, 레몬, 키위 등 연간 약 30가지의 과일나무를 조금씩 나눠서 재배하고 있습니다.

꽤나 거친 과수원입니다. 거미가 둥지를 틀고, 나무 주변에는 잡초가 번성하고 있습니다. 과수원의 주인공이 과수나무인지, 잡초인지, 혹은 거미인지 알 수가 없을 정도입니다. 이곳에서는 살아 있는 것은 모두 주인공 같습니다. 니시다 씨에 따르면 거미는 신뢰할 수 있는 종업원이라고 합니다.

"쐐기나방(나방의 유충)이 잎을 다 먹어도 밤이면 거미가 모두 포획해요. 사마귀와 개미는 진드기를 먹습니다. 벌레에게도 각각의 역할이 있어요. 밭 안에는 자연과 생태계가 살아 있습니다. 그러므로 나의 역할은 벌레가 살기 쉬운 환경을 만들어 주는 것이죠."

또한, 니시다 씨는 식물 호르몬의 흐름을 고려해서 위로 자라는 수세가 좋은 웃자란 가지를 남기고 옆과 아래로 자라는 가지를 자르는 방법, 슈타이너의 '바이오 다이내믹 농법'에서 배운 것, 달의 참과 이지러짐에 맞춘 풀베기, 달의 인력으로 생기는 나무 체내의 양분, 수분의 이동에 맞춘 가지치기와 수확 등 재배 방법에 대한 탐구심도 대단합니다.

이렇게 다양한 재배 방법만큼이나 특별한 니시다 씨의 매력은 판매 능력과 표현력입니다. 달의 참과 이지러짐에 맞춰서 재배한 레몬은 '달 읽기 레몬'이라는 독특한 이름으로 판매합니다. 국내에서도 인기지만 옆 나라인 한국에서도 인기라고 합니다. 지금도 음력을 중요하게 생각하는 한국에서는 달의 바이오 리듬을 고려한 재배 방법이 친숙한 것 같습니다.

SNSSocial Network Service 등이 유행하면서 생산자의 얼굴을 보여 주고, 상품과 그 배경을 동시에 전달할 수 있습니다. 니시다 씨는 SNS를 잘 사용하여 과수원의 모습을 실시간으로 보여 주고 있으며, 작물의 다양성과 계절의 사이클 등을 전하고 있습니다. 소비자와의 거리를 줄이고, 생생한 이미지를 보여 주는 것은 굉장히 효과적입니다.

게다가 니시다 씨는 홍콩, 대만, 말레이시아, 싱가포르 등 해외의 시장에도 눈을 돌려 이 토지에서만 생산되는 것과 일본에서는 부정적으로 평가받는 것을 오히려 세계를 향해서 발신하고 있습니다.

우리는 어느새 다닥다닥 키위가 열려 있는 키위밭에 주저앉아 시간을 잊을 정도로 니시다 씨의 이야기에 빨려들어 갔습니다. 니시다 씨는 채소를 재배만 하는 것이 아니라 그것을 알리고, 보급하기 위한 표현력도 겸비한 복합 농부입니다.

이날 만났던 농부는 모두 각각의 철학을 갖고 있고 신념이 있었습니다. 그것은 매일, 자연과 접촉하며 각각의 감성이 끌어낸 것입니다. 그 생각은 밭에서 구현되어 작물을 기릅니다. 각각의 농부가 밭을 보고, 작물을 보고, 느끼는 대로 재배합니다. 그것이 야말로 정말 자연 재배입니다.

Day 5
후쿠오카 편

5일째, 이토시마로 갔습니다. 슬슬 여행의 중간 지점에 돌입했습니다.

후쿠오카의 중심지에서 차로 약 한 시간 정도 달리면 동남아시아 리조트 같은 해안선이 펼쳐집니다. 대한해협에 튀어나온 반도는 산과 바다와 평야를 갖춘 풍부한 토지로 중국 역사서 《위지 왜인전》에는 '이토고쿠(이도국)'로 기록되어 있을 만큼 각양각색의 사적과 유적이 남아 있습니다. 자연과 역사와 음식, 그리고 예술 등 여러 분야에서 그 흔적이 남아 있습니다. 여러 가지 다양한 문화를 즐길 수 있는 것이 이토시마의 매력입니다.

우리가 제일 먼저 방문한 곳은 지역 사람에게 사랑받고 있는 90년 된 작은 간장 가게 '미쓰루 간장 양조장'입니다. 이곳에 온 이유는 4대째인 요시노리 죠 군이 40년 만에 직접 양조한 간장을 부활시킨 간장 장인이기 때문입니다. 평소 여러 가지 이야기를 듣기는 했지만, 만나는 것은 처음입니다. 그는 대머리에 야무진 얼굴입니다. 온화한 말투에는 안에 숨겨둔 열정과 강한 뚝심이 있어 젊은 장인의 배짱이 느껴집니다.

농업대학에서 양조를 배우고 새로운 설비를 위해 자금을 모았다는 죠 군은 2010년에 염원하던 양조장을 다시 열었습니다. 간

장 회사가 직접 양조를 하는 것이 당연한 것처럼 들리겠지만, 사
실 일본에 있는 약 1,500개의 간장 회사 중에서 직접 양조하며 간
장을 만드는 곳은 10% 정도입니다. 그럼 나머지 90% 어떻게 하
는 것일까요? 대부분 각 현의 간장조합과 대기업에서 생간장을
사서 그것을 끓여 사용합니다. 물론 여러 가지 재료를 첨가해서
맛을 내므로 서로 맛의 차이는 있지만, 기본이 되는 생간장은 같
습니다. 결국, 진짜의 의미로 순수한 '간장을 만드는 곳'은 뜻밖
에 많지 않습니다.

여기에는 급속도로 변한 근대화가 만든 경제적인 배경이 있습
니다. 1963년에 제정된 '중소기업근대화촉진법'에 따라 간장의
협업화가 진행되어 비용과 시간이 걸리는 원료 처리부터 압착까
지의 공정을 각 회사에서 할 필요가 없어져 많은 회사가 양조를
그만두었습니다. 그러한 시대 배경 속에서 미쓰루 간장도 양조장
폐지를 결정했습니다.

"촉진법이 제정된 10년 후인 1973년에는 간장 출하량이 과거
최고 129.4만㎘에 달했습니다. 협업화한 후에는 지금까지 1,500
개의 간장 가게가 계속 운영되고 있습니다. 그러한 역사를 답사하
며 다시 양조업 본래의 모습으로 돌아가려는 한걸음이 '발효실(모
로미*를 발효하는 장소)을 부활시키는 것'이라고 할 수 있습니다."

죠 씨는 간장 업계의 근대화 흐름을 유연하게 촉진하고 있습
니다.

이것은 농업의 세계와도 통하는 점이 있습니다.

근대화와 함께 늘어난 인구는 세계적인 빈곤과 식량문제로 이어졌습니다. 그래서 세계의 농업은 기술을 구사해서 농산물 생산량을 올리게 되었습니다. 세계의 농업은 대규모 기계화와 인공적으로 교배한 생산성이 좋은 종을 추구하고, 농약과 화학비료를 사용한 화학적 접근을 시행했습니다. 계획적인 농지 운영과 근대적인 농법은 비대해진 세계의 위장을 채우는 중요한 재배 방법이 되었습니다. 그러나 위대한 공적의 반면에는 여러 문제가 남았습니다.

가장 큰 폐해는 작은 농가가 힘들어진 것입니다. 수확량을 높이는 데 필요한 설비 투자 액수는 기존의 농법과 비교하면 단위부터 다릅니다. 각국의 정책은 대형 농가를 우대하여 대출해 주거나 주체로써 있었기 때문에 자금이 풍부한 대규모 농가에는 유리하게 작용할 수 있었습니다. 그러나 작은 농가는 그렇지 않았습니다. 부농과 빈농의 이극화가 진행되었습니다.

유감스럽게도 현재의 농업은 아직도 이 연장선에 있습니다. 반세기 이상 전부터 이미 잠재화된 각종 문제가 점점 더 커져서 지금 우리에게도 돌아오고 있습니다.

우리가 매일 당연하게 여기는 배를 채우는 일은 근대적인 기술혁신에 의한 식량과 에너지 증산이 없었다면 불가능합니다. 우리는 그 은혜를 크게 받고 자란 세대입니다.

그러나 그것을 알기 때문에 안이한 과거를 부정하지 않고 개혁적인 활로를 찾아내려 적극적으로 힘내려고 합니다.

　새로운 양조장을 시험해 본 죠 군에게서도 과거를 걱정하기보다 지금 다가올 미래를 즐기려는 기개가 느껴졌습니다.

　'양조장을 부활시킨다'고는 해도 생산을 안 한지 40년 이상 지났으므로 당연히 미쓰루 간장에는 발효에 사용하는 도구와 설비가 없었기 때문에 상당한 설비 투자가 필요했습니다.

　예를 들면 평범하게 농사를 지을 때도 농지와 종묘를 시작으로 관리 과정에서 자재와 설비 등이 필요합니다. 그런 선행적인 투자를 회수하려면 채소도 반년은 걸립니다. 생육관리, 수확, 판매라는 과정을 거치므로 시간이 걸립니다.

　게다가 '복숭아 3년, 감 8년'이라는 속담도 있듯이 과수나무는 출하할 수 있는 수준의 과일을 수확하려면 더 오랜 기간이 필요합니다.

　죠 군이 뛰어든 직접 만든 간장도 비슷합니다. 발효에서 양조, 상품을 팔아 자금을 회수하려면 최소 2년이 걸리므로 투자 위험은 상당히 크다고 할 수 있습니다.

　이런 모든 부담감을 짊어지고 양조장을 부활시킨 것은 아주 용기 있는 도전입니다. 간장 업계뿐만 아니라 각종 제작자로부터 주목을 받아 죠 군의 정열을 응원하는 사람이 끊이지 않는 것도 수긍이 갑니다.

　죠 군의 뒤를 따라 발효실 안을 안내 받았습니다.

　발효실에 들어간 순간 둥실 달콤하고 향기로운 냄새가 났습니

다. 늠름한 공기가 떠돌아 저도 모르게 등줄기가 쭉 펴졌습니다. 20고쿠(일본의 질량 단위, 石, 1고쿠=180.39L) 크기의 나무통 여섯 개가 당당히 모습을 나타냈습니다. 나무통 바깥쪽은 부패 방지를 위해 감물을 칠해 깊이 있는 색조를 띠고 있습니다.

나무통은 40년 전까지 사용했던 것을 수리해서 재편성하여 사용하고 있는 것일까요? 40년 이상 잠자고 있던 것인데 다시 모로 미를 담게 될 것이라고는 나무통도 생각하지 못했을 것입니다.

나무통 안에는 2010년부터 1년 정도 준비한 모로미가 들어 있습니다. 죠 군에게 부탁해서 우리도 발판에 올라가 올해 발효 중인 모로미에 노를 넣어 보았습니다. 몇 번 섞자 아래서부터 방울 방울 소리를 내며 모로미가 떠올랐습니다. 이미 발효가 진행된 상태로 코에 와 닿는 향기에 기분이 좋아집니다. 이것만으로도 밥 한 그릇은 먹을 수 있을 것 같습니다. 실제로 '모로미'를 판매한다고 합니다.

단순하고 섞이지 않은 진짜를 선보이고 싶어하는 죠 군의 조용한 마음이 느껴집니다.

죠 군이 만드는 간장 '나마나리'는 메이드 인 이토시마입니다. 원료가 되는 콩과 밀은 물론이고 재작년부터는 소금도 이토시마 산 아마히 소금을 사용하고 있습니다. 그 땅에서 채취한 것으로 간장을 만듭니다. 당연한 것 같지만 그렇게 간단히 할 수 있는 일은 아닙니다. 이것은 전국의 간장 창고를 방문해 본 죠 군이 느꼈던 것을 실천하는 것입니다.

이토시마라는 땅에서 태어나 자란 것이 이 땅의 간장 양조장에서 다시 태어난다는 것의 의미. 그 모든 생각이 죠 군을 메이드 인 이토시마 간장 만들기로 이끌었습니다. 게다가 그렇게 지역에서 서로 협력하면서 의욕과 기술을 향상해 자신의 간장뿐만 아니라 이토시마 농가 전체가 함께 성장할 수 있는 생산 사이클을 만들었습니다.

"아직 경험이 적기 때문에 조금씩 소금을 바꾸거나 누룩곰팡이를 바꾸면서 통별로 여러 시험을 했습니다. 양조를 끝낸 후에 무언가를 넣어서 맛의 차이를 내는 방법은 사용하고 싶지 않습니다. 양조 단계에서 변화를 만드는 것이 간장 가게의 개성이라고 생각합니다."

매년 같은 맛을 재현한다는 것은 고객의 기대에 부응한다는 의미로 전문적인 일입니다. 미생물의 소리를 듣듯이 매년 달라지는 맛을 기대하는 것에는 먹는다는 문화의 예술성이 존재합니다.

농작물도 그렇지만 그해의 일조량과 비바람 등의 기후, 재배 과정 관리와 사람이 보살피는 방법 등 작은 차이로도 맛은 변합니다. '자연의 맛'은 야생의 맛이라는 의미가 아니라 사람을 포함한 자연과 함께 만들어서 탄생한 것이라고 다시 생각하게 되었습니다.

미코토 가게도 매년 바뀌는 '나마나리' 간장을 응원하기로 했습니다.

　그 후에도 우리는 죠 군에게 이토시마를 안내 받았습니다. 고향으로 다시 돌아온 죠 군은 지역 인맥 네트워크를 만들고 있습니다. 그의 좋은 인품 덕분에 역시 많은 멋진 동료와 함께 하는 것 같습니다. 처음 방문한 장소는 창구가 되어 준 사람의 존재에 따라서 매력이 몇 배나 올라갑니다. 죠 군이 안내역을 흔쾌히 수락해 줘서 정말 감사합니다.

　그는 우리를 '자연 재배 채소 히토쿠사'의 야마자키 씨 밭에 데려가 주었습니다. 이곳은 지금은 돌아가신 후쿠오카 자연농법의 선구자인 마쓰오 세이코 씨의 밭을 이어받아 경작하고 있습니다. 자연과 사람이 능숙하게 손을 맞잡은 밭이라 그런지 멋진 밭입니다.

　일반적으로 자연농업 밭의 이미지는 좋든 나쁘든 자연 그대로의 모습으로 작물은 풀에 둘러싸여 있고 어디에 무엇이 자라고 있는지 한눈에 잘 알 수 없는 경우가 많은데, 이 밭은 사람의 손길이 아주 잘 닿아 있습니다. 버팀목의 균형부터 이식 간격, 두렁 세우는 방법까지 정성스레 가꾼 것이 보입니다. 풀도 무성히 자라고 있지만 무법지대 같은 느낌이 아니며 다양한 종류의 벌레가 날아다니고 있습니다. 정말로 균형이 좋은 밭입니다.

　밭에서는 향기가 좋은 시소(향이 강한 채소)와 인디고 로즈 토마토(검은 토마토), 호박 등 여름 채소가 건강하게 자라고 있습니다. 건조와 비로부터 스스로를 지키기 위해 나온 흰 꽃들의 향연, 싱싱한 가시가 잔뜩 붙은 오이가 맛있어 보여서 한 개 받았습니

다. 이런 무더운 날에 딱 어울리는 푸른 채소입니다. 한 입 베어 물자 확 퍼지는 상쾌한 맛. 수분이 너무 많지 않은 것도 개인적으로 좋았습니다.

그럼, 잠깐 자연 농법과 자연 재배의 차이를 조금 설명하겠습니다.

자연은 '스스로 그렇게 만들다'라는 의미가 있습니다. 인간이 딱히 손을 대지 않아도 스스로 그렇게 되는 것입니다. 자연 농법이란 자연의 흐름에 따라서 자연을 최대한으로 살려 은혜를 받는다는 농사 방법을 표현한 말입니다.

자연 농법의 삼대 원칙은 '경작하지 않는다. 풀과 벌레를 적으로 두지 않는다. 들여오지 않고 꺼내지 않는다'입니다.

바꿔 말하면 '천지를 상처 내지 않는다, 작물의 생명력을 믿으며 풀과 벌레와 함께 기른다. 비료와 농약은 사용하지 않고 밭에 있는 생명은 모두 밭 안에 살려 놓는다'입니다.

자연 재배와의 공통점도 많지만, 큰 차이점은 자연 농법은 경작하지 않고 제초도 거의 하지 않는 점입니다. 같은 면적에서 수확하는 양은 자연 재배 쪽이 많습니다.

경작하지 않고 제초도 하지 않는 자연 농법은 채소는 다른 풀에 의해 성장을 방해 받고, 풀 더미에 있으면 작물 손질에도 쓸데없는 시간이 걸린다고 말합니다. 자급자족에는 이상적인 재배 방법이지만 생업으로 하기에는 자연 농법은 역시 힘들다고 생각했는데, 야마자키 씨의 밭을 보고 뜻밖에도 그렇지 않을 수도 있다는 것을 알았습니다.

각각의 정의와 법칙을 현실과 어떻게 타협할 것인가를 생각할 때 '집착하지 않는다'는 것이 중요합니다.

예를 들면 생전에 마쓰오 세이코 씨는 밭에 아무것도 하지 않는 자연 농법이라도 때에 따라서는 손질해야 한다고 했습니다.

계속 농사를 지어 확실하게 지력이 떨어지면 그 밭에서 거둔 유채의 깻묵을 뿌려 지력을 보충하고, 땡볕 아래에서 오랜 시간 비가 내리지 않아 채소에 물이 필요하다고 느끼면 듬뿍 물을 줘야 합니다. 자연 농법의 원칙에 연연하지 않고 눈앞의 밭을 보고 판단해야 합니다.

자급용 밭과 상업적인 밭의 차이는 확실히 있습니다. 농작물을 출하해서 돈으로 바꿀 수 없다면 농업을 계속할 수 없습니다. 밭이 쉴 시간을 주지 못하는 것이 현실입니다. 말과 이상에 사로잡히지 않고 금전적, 정신적으로 여유가 없는 삶을 피하기 위해서는 유연한 대응도 필요합니다.

원래 인간은 많은 모순 속에서 살아갑니다. 배운 대로 성실히 지키면서 한편으로는 자신의 밭과 감각에 유연히 대처하는 방법도 필요합니다. 사람마다 각각의 자연 농법을 갖고 있는 것이야말로 자연스러운 것이겠죠.

◆**모로미** 거르지 않은 간장

Day 6
후쿠오카 편

이토시마에서 맞이하는 두 번째 날, 후쿠오카 시 니시 구의 '이케마쓰 자연농원'으로 갔습니다.

자연 재배, 자가 채종에 몰두하고 있는 주인 이케마쓰 씨는 우리와 동갑으로 젊은 농부입니다. 동갑이라는 이유로 막연한 친근감을 갖고 있었습니다.

그의 밭에서는 하카타나카 가지, 토란의 한 종류인 아카메다 이키치, 이쓰키 오이, 네모난 콩, 더위에도 강하다고 하는 시로마루 가지, 가쿠라 난반(고추의 일종), 콩 토마토, 야라즈 콩, 캘리포니아 원더 피망, 운젠의 이와사키 씨에게 씨앗을 받은 오키나와 땅의 오이인 모우이(오키나와에서 나는 붉은 오이) 등 채종이 가능한 고정종과 재래종 작물을 많이 기르고 있어 설레었습니다.

이케마쓰 씨는 대대로 농사를 지어 온 농가에서 자란 것도 아닌데 어째서 농부가 되었는지 물어 보았습니다.

"건설계 컨설턴트 회사에서 일하면서 발전도상국으로 출장이 많았는데 아이가 태어나도 계속 출장을 가야 했습니다. 거의 함께 있지 못했어요. 일은 즐거웠지만, 가족과 함께 보내는 시간이 중요해서 회사를 그만뒀습니다. 옛날부터 자급자족을 동경했기 때문에 연장선에 있는 유기농 농업이라는 세계를 알게 되어 유기농 농가에서 연수를 받았습니다"라며 밝게 말합니다. 가족과의 삶을 제일로 생각하는 자세는 일과 일하는 방법을 선택하는 데 아주 중요하며 우리도 가족이 있기 때문에 많이 배웠습니다.

이케마쓰 씨는 원래 농부가 아니었기에 아무것도 없는 상태에서 시작할 수밖에 없었습니다. 그것은 새로 농업에 뛰어드는 사람이라면 누구나 부딪히는 어려움입니다. 그러나 원래 농부가 아니었다는 점이 장점이 될 수도 있습니다. 좋든 나쁘든 선입견이 없습니다. 대대로 농사를 지으면 어느새 선입견이 생겨서 새로운 도전에 주저하는 경우가 때때로 있습니다. 아무것도 모를 때 비로소 더욱 좋다고 느끼는 것에 솔직하게 반응하고 행동할 수 있습니다.

유기농 농가에서 연수를 받던 시절, 씨앗 자루를 보면서 원산국에 미국, 덴마크 등이 많은 것을 눈치챘습니다. 다른 자루를 봐도 일본에서 채취한 씨앗은 거의 없었습니다. 게다가 그 씨앗은 분홍이나 파랑으로 물들어 있어서 상당히 위화감이 컸다고 합니다.

신세를 진 유기농 농가에게 '품종'이 중요하다는 것을 배웠습니다. '씨앗'과 '품종'에 관심을 갖게 된 이케마쓰 씨는 고정종◆ 씨를 전문으로 판매하는 '노구치 종묘'와 채종의 제1인자인 운젠의 이와사키 씨의 존재를 알았습니다. 그리고 노구치 씨와 이와사키 씨의 책을 읽으며 자신이 가야 할 농사의 방침이 굳어졌습니다.

"자신의 밭에서 얻을 수 있는 최고의 채소를 기르기 위해서 고정종 채소를 재배해서 자가 채종 하자."

그렇게 생각한 이케마쓰 씨는 노구치 종묘 등에서 고정종 씨앗을 구매했지만, 시장에는 출하할 수 없는 재래종도 있고, 몇몇은 해가 갈수록 소멸하고 있다는 것을 알았습니다. 같은 규슈에 있는 이와사키 씨 밭에 갔을 때는 많은 재래종을 보고, 그 생명력이 넘실거리는 모습에 감동했다고 합니다.

재래종은 오랜 시간을 거쳐 토지의 풍토에 스며든 것입니다. 모처럼 태어나 자란 후쿠오카에서 농업을 하게 되었으니 가능한 후쿠오카 재래종을 찾아서 지키기로 결심했습니다.

1년에 한 품종씩 재래종을 지키고 있는 사람을 찾아서 그것을 이어받고 싶다고 부탁했습니다. 그래서 모은 것이 케야 순무(이토시마에서만 자라는 순무), 미케가도 호박, 오타후쿠 쑥갓, 고타베 무 등입니다.

현재는 종묘회사에서 구매할 수도 있지만 가능한 후쿠오카와 규슈의 재래종은 자가 채종하고 있습니다. 종묘회사에서 입수할 수 없게 되었을 때 차세대에 물려주기 위해서입니다.

이케마쓰 씨는 대학 시절은 고베, 회사원이 된 후로는 도쿄에서 생활했지만, 여전히 규슈 사투리를 구사하는 남자입니다.

"적응하지 못했던 기간도 있었지만 지금 생각하면 그만큼 향토애가 강했습니다. 규슈 출신 사람과 만나면 그것만으로도 호의

를 가질 정도였으니까요"라고 말합니다. 이케마쓰 씨가 후쿠오 카의 재래종을 길러서 차세대에 전달하고 싶다는 생각은 아주 자 연스러운 흐름일지도 모릅니다.

"솔직히 이렇게 힘들 거라고는 생각 못했습니다. 알았다면 안 했을 것 같아요. 그러나 할 일은 많은 만큼 즐거움도 많습니다"라 고 웃으며 말하는 이케마쓰 씨는 부러울 정도로 빛나고 있습니다.

일일이 열거하지 않은 고생도 많이 겪은 이케마쓰 씨에게 이와 사키 씨가 해 준 말은 지금도 격려의 힘이 되고 있습니다. "채종은 숨이 긴 지루한 세계다. 5년이 걸릴지 10년이 걸릴지 아니면 20년 이 걸릴지 알 수 없지만, 씨앗을 계속 채취할 때 극적인 변화의 순 간이 있다. 그때까지는 계속할 수밖에 없지."

채종 농가만이 맞볼 수 있는 변화의 순간, 우리는 알 수 없는 세계입니다.

또한, 이케마쓰 씨는 어떤 씨앗이든 선택하는 순간이든 스스 로 연구하고 있습니다.

예를 들면 비료를 사용하지 않는 재배 방법은 일반적으로 채소 의 성장은 느리지만 단경기(P.170, 새 곡식 날 때)를 생각해서 빨리 기르고 싶다는 생각을 하게 마련입니다. 일반적이라면 품종을 바 꿔서 조생종(일반적인 시기보다 빨리 열매를 맺는 품종)을 선택할 테 지만 이케마쓰 씨는 채소 중에서 빨리 자란 좋은 것을 채종용으 로 기릅니다. 빨리 자라는 부모의 유전자에서 태어난 자손도 빨리 자랄 것이라는 발상에서 나온 것입니다. 자연스럽게 자란다는 것을 능숙하게 살린 아이디어가 대단합니다.

이케마쓰 씨도 처음에는 채소를 수확해도 판매처가 없어서 고생했습니다. 판매처가 없으므로 직매소 등에 갖고 가면 당연히 싼 가격으로 매입합니다. 관행 농가처럼 싼 가격에 팔아도 양이 많으면 괜찮을 수도 있지만, 지금 방식대로는 많이 채집하는 것이 어렵습니다. 들인 수고에 맞는 적정 가격으로 판매하는 것이 어려운 것은 어느 세계나 마찬가지입니다.

앞으로 자신이 할 수 있는 만큼 밭을 확장하고 싶지만, 사람의 품이 많이 드는 일이기 때문에 어느 정도 가능할지는 알 수 없습니다. 그래도 'WWOOF'◆의 도움은 지금은 생각하고 있지 않습니다. '사람 대하는 게 서툴러서요'라고 웃었지만, 이케마쓰 씨의 고집이기도 합니다.

예를 들면 잡초 제거를 할 때도 닥치는 대로 풀을 뽑는 것을 원하지 않습니다. 의미가 있어서 살아 있는 것도 있으며, 그 속에 섞여 자라는 작물도 있습니다. 밭을 둘러싼 자세한 사항들은 자신만 아는 부분도 있기 때문입니다.

"주변에서 몇십 년이나 농사를 짓고 있는 사람의 밭에서는 훌륭한 채소를 얻을 수 있는데 제 밭에서는 작은 것만 나왔습니다. 그런 것을 보면 솔직히 초조해집니다. 그래도 지금은 제 밭에서 '최고의 채소'를 만들기 위해서 고정종 채소를 자가 채종한다는 신념을 갖고 꾸준히 연구하고 모색하면서 채소를 기르고 싶습니

다." 10년 후 이케마쓰 자연 농원에서만 나오는 빛을 발하는 채소
를 거두는 날이 반드시 올 것입니다.

우리와 동갑인 강경한 농부에게 감동 받았습니다. 이케마쓰 씨
는 농부로서 성장하고 우리는 채소 가게로 성장합니다. 서로 이
제 막 싹이 나온 상태지만 천천히 성장해서 언젠가는 서로 핀 꽃
을 사랑스럽게 바라볼 날이 올 것입니다.

◆**고정종** 토지에서 반복해서 기르는 동안
유전자가 고정된 씨앗. 그 씨앗에서 같은 성
질의 것이 자라고 단일 유전자를 이어받는
다. 재래종은 사람에서 사람으로, 작은 동
물과 벌레를 매개로 바람이 옮겨서 토지마
다 다른 기후풍토에 적응하면서 오랜 세월
에 걸쳐 이어져 온 종을 가리킨다.

◆**WWOOF** 금전 교환 없이 '노동력'과 '식
사와 숙박'을 교환하는 조직. 환경을 중요하
게 생각하는 사람과 자연이 잘 보존된 장소,
혹은 사람과 사람의 교류를 중요하게 생각
하고, 농업 체험을 해 보고 싶은 사람과 연
결해 주는 등록제 시스템. 전 세계에서 이
루어지고 있다.

Day 7
도쿠시마 편

후쿠오카를 뒤로하고 우리는 최대 시속 80㎞의 미코토 가게 호를 타고 나이트 크루징을 감행했습니다. 시고쿠에 도착한 것은 다음날 오후쯤이었습니다. 도착한 곳은 도쿠시마 현 가이후 군 우미바 쵸입니다. 우리가 '형님'이라고 부르며 동경하는 쪽 persicaria tinctoria (식물)의 전도사 야마모토 마키토 씨(통칭 맛카 씨)를 방문했습니다.

서핑 애호가인 맛카 씨는 변함없이 햇볕에 그을린 모습으로 거무스름하고 탄탄한 몸에 쪽으로 염색한 셔츠를 걸쳤습니다.

옛날 일본을 방문한 외국인은 선명한 청색을 입은 성실하고 상냥한 일본인에게 놀랐다고 합니다. 선명한 청색은 'Japan Blur'라고 불리며 일본문화의 한 축을 담당하고 있습니다. 맛카 씨가 몸에 걸치고 있는 쪽도 어딘가 '사무라이'가 느껴지는 늠름한 분위기입니다. 그리고 맛카 씨의 옆에는 오래된 애견 인디가 딱 붙어 있습니다.

맛카 씨가 우미바 쵸에 살기 시작한 것은 5년 전입니다. 그때까지 10년간 캘리포니아에서 서프보드와 서프웨어를 수입해서 국내에 판매하는 대리점을 하며 전국의 서핑 장소, 가게를 돌아다녔습니다. 바다에서 약속을 잡고 영업한다는 것은 정말이지 맛카 씨다운 혁신적인 스타일이었습니다. 숙박은 기본이 캠핑카로 이동 거리는 연간 8만㎞에 달했다고 합니다.

우미바 쵸는 세계적으로 알려진 서핑 장소 가이후KAIHU가 있어서 국내외에서 프로 서퍼와 그들의 가족이 방문하며, 거주하는 사람도 많습니다. 자연스런 삶을 사는 맛카 씨가 바다와 쪽과 함께 사는 삶을 선택하고 이 토지에 뿌리를 내리겠다고 생각한 것은 필연적인 흐름입니다.

예전에는 '아와노쿠니'라고 불린 시고쿠의 동부에 있는 도쿠시마 현은 에도시대 때는 '쪽 작물'이 주요 산업이었습니다. 왜냐하면 오사카 주변에서 면화 재배가 활발했고 면 염료로써 수요가 높았기 때문입니다.

동서로 흐르는 요시노 강은 당시 제방이 축조되지 않아 매년 태풍 시기에는 범람해서 대홍수가 났습니다. 태풍은 추수철에 오는 경우가 많아서 태풍이 오기 전에 수확하는 쪽은 아와노쿠니에 적당한 산업이었습니다.

맛카 씨는 현재 전통적인 아와 쪽을 기르는 유기농 농부이면서 쪽 염색 장인으로도 활약하고 있습니다. 각지의 아티스트와 협력하여 생산한 상품도 판매합니다.

또한, 쪽의 매력과 유용성을 계몽하는 활동가이며 쪽을 염색 원료로 사용하는 것뿐만 아니라 약초로도 소개하고 있습니다.

쪽은 약용식물로써의 역사도 깁니다. 2000년 전에 기록된 중국에서 제일 오래된 약물서《신농본초경》에서 쪽은 뇌염, 유행성

감기, 세균성 설사, 급성 위장염, 급성 간염 등에도 효과가 있으며, '독소 제거 효과'가 있는 약초로 소개하고 있습니다.

우리와 맛카 씨의 만남도 맛카 씨가 "쪽을 먹는다"라는 주제로 일본 각지에서 팝업 레스토랑을 하며 순회하던 때였습니다. 우리는 맛카 씨와 만나서 쪽이 일본인의 삶에 얼마나 스며들어 있는지 깨닫고, 쪽의 잠재력과 맛카 씨의 인품에 반해서 미코토 가게에서도 쪽의 잎을 건조한 차를 판매하게 되었습니다. '쪽 엽차'도 가이후에서 기른 것입니다.

쪽의 생산 현장과 맛카 씨의 라이프스타일을 직접 눈으로 보고 싶었기 때문에 이곳을 방문했습니다.

첫날은 쪽의 밭으로 안내를 받았습니다.

"풍요로운 바다를 되찾기 위해서는 산과 강이 되살아나야 하듯 쪽 재배로 농지를 살리고 있습니다. 가장 좋아하는 가이후 강 상류에서 비료와 농약을 사용하지 않고 물도 주지 않고 기르고 있습니다. 그곳에서 사는 모든 생물과 함께 쪽을 기릅니다." 이런 맛카 씨의 생각이 담긴 약 20a 정도의 밭을 염원이 이루어지길 바라는 심정으로 구경했습니다.

우리가 방문한 8월 초순은 마침 첫 번째 추수를 하는 시기였습니다. 맛카 씨는 수확하기 위해 낫과 다듬어진 쪽을 쌀 멍석만 가져왔습니다. 군더더기 없는 단순한 스타일입니다.

여러 가지 묻고 싶은 것이 많았지만, 좀체 말을 걸 수 없어서

계속 맛카 씨의 작업을 바라보았습니다.

　허리를 굽혀 손과 낫만으로 담담히 수확합니다. 쪽의 녹색, 밭의 황토색, 손에 물든 쪽색. 말로 표현할 수 없는 아름다운 대조입니다. 조용히 흐르는 시간, 언제나 맛카 씨에게 찰싹 붙어 있는 인디도 밭에 들어가지 않고 밭두렁에 앉아 있습니다.

　쪽 밭은 어딘가 신성한 분위기가 느껴졌습니다. 사람이 식물을 기르고 대지에서 베어낸다는 행위는 어떤 의미로는 아주 자연스럽지 않은 행위입니다. 자연에 손을 댄다는 것은 이상하면서도 신성한 기분을 포함하고 있을지도 모릅니다.

　그리고 또한, 이 쪽 밭에는 끝없는 시간과 노력이 필요하다는 것을 알게 되었습니다. 판매하는 우리도 마음을 경건하게 되새겼습니다.

Day 8, 9
도쿠시마 편

　2일째는 맛카 씨가 아이처럼 보살피고 있는 아이가메(염료를 모아두는 항아리)를 사용해 염색 만들기 체험을 했습니다. 이날을 위해서 각자 셔츠와 가방을 가져왔습니다. 어떤 쪽색으로 물들까요?

　사람이 천을 입기 시작한 태고의 예부터 아름다운 옷을 입으려는 욕구는 인간의 본능이었으며 사회에 깊게 뿌리내렸습니다. 색은 때로 의식과 축제의 구색을 갖춰 주고 전쟁에서는 동료를 식별하기 위해, 권력자는 존재를 과시하기 위해, 그리고 무엇보다 남녀는 자신의 호감을 높이기 위해 지구 곳곳에서 여러 가지 염료와 염색 기법이 고안되었습니다.

　맛카 씨의 아와나미 쪽은 에도시대부터 계속 이어져 온 전통적인 쪽 염색으로 '덴넨란아쿠핫코우다테'라고 부릅니다. 농가에서 가져 온 건조 약을 란시라는 직인이 약 120일 동안 발효시켜 파종한 후에도 약 1년이라는 긴 시간과 노력을 들여 '스쿠모'라는 염료를 만듭니다.

　발효되면 쪽잎에 포함된 '인디간'이라는 성분이 응축됩니다. 그것을 아이가메 안에서 잿물과 밀기울, 석회, 술 등과 함께 발효시켜 그 액을 몇 번이나 염색하며 짜고 공기에 노출해 산화시키

면 '인디고'라는 색소로 변합니다.

이것은 사계절이 있는 일본에서 1년 내내 쪽 염색을 할 수 있도록 고안된 독자적인 방법입니다. 이 기법으로 염색하는 것은 많은 수고와 시간이 걸리고, 쪽의 상태를 살피면서 세심히 조정하는 직인의 기술도 필요합니다.

또한, 화학약품을 전혀 사용하지 않고 자연에서 채취한 원료만을 사용하기 때문에 천과 그것을 몸에 걸치는 사람뿐만 아니라, 환경에도 굉장히 좋은 염색 방법입니다. 이 기법이 확립된 에도 시대부터 '고우야'라는 염색 가게가 급속도로 증가해 남색은 서민의 색이 되었습니다. 맛카 씨는 이른바 현대의 고우야입니다.

맛카 씨의 지도 아래 드디어 염색에 도전했습니다. 우선 염료 항아리 뚜껑을 여니 무어라 말할 수 없는 향기가 납니다. 처음에는 혹하고 코를 간질이더니 익숙해지면 너무나 친숙하고 기분 좋은 냄새입니다. 액체 표면에 거품 같은 것이 떠 있습니다. 이것은 '쪽의 꽃'이라고 부르는 것으로 예쁜 꽃이 피어 있는 것인가 하는 생각이 들 정도입니다. 이것을 보고 쪽의 상태를 알 수 있다고 합니다.

항아리 안의 액체는 갈색으로 공기에 닿으면 푸른 빛이 납니다. 가능한 거품이 생기지 않도록 항아리 안에 천천히 셔츠를 담갔다 빼면 부드럽게 쪽물을 빨아들입니다. 생각 외로 집중력이 필요합니다. 생지를 빠뜨려서 인디고를 빨아들여 짜면 거품이 감쌉니다. 짜서 말리고, 또 염색하기를 5회 정도 반복하고 공방 뒤에 있는 강에서 흐르는 물에 씻습니다. 모두 자연 소재라서 강에서 씻을 수 있다니 멋집니다. 강에서 씻으면 강의 게 등 생물의 수가 증가한다고 합니다.

그리고 마지막으로 햇볕에 말립니다. 햇살을 받으면 산뜻한 청색 빛이 납니다. 아이가메 안의 쪽은 살아 있는 생물이라서 조금 긴장됩니다. 적당한 피로를 느끼며 물들인 셔츠와 속옷을 바라보면서 잠시 휴식을 했습니다.

옛날에는 기모노와 유카타뿐만 아니라 농부의 작업복, 포렴, 모기장, 기저귀 등 생활의 많은 것에 쪽을 사용했습니다. 또한, '풍류'를 존경한 에도의 남자들은 쪽으로 물들인 한텐(짧은 겉옷) 등으로 자신의 직업과 소속을 문양과 무늬로 표현하고, 내피 등에 자신의 주장을 익살스럽게 표시했다는 어쩐지 멋진 일화도 있습니다.

쪽으로 염색한 내의는 냉증과 거친 피부, 땀 방지에도 효과가 있습니다. 게다가 방충 효과도 높아서 에도시대의 오래된 천을 보면 쪽으로 염색한 부분만 벌레 먹지 않아 귀중한 기모노는 쪽 보자기로 싸서 보관했다고 합니다. 그리고 쪽은 물들이면 물들일수록 생지를 보강하는 힘이 생겨서 세탁에 강하고, 오래 입을 수 있습니다. 쪽의 방충, 항균, 냄새 제거 작용은 미생물의 힘으로 발효된 살아 있는 쪽 특유의 자연의 힘일 것입니다.

사람들의 생활에 스며든 쪽 염색도 메이지시대(1868~1912년)

후반에는 합성한 화학 염료 때문에 순식간에 존재감이 옅어져 퇴색하고 말았습니다. 그렇다고 하더라도 약 100년 전의 일본은 확실히 쪽의 나라였다고 직접 염색한 셔츠를 바라보면서 생각했습니다.

옛날 일본인이 삶 속에서 엮어 낸 쪽 염색. 풍요와 편리함 속에서 사라지지 않고 계승되어 온 것은 시대가 변해도 사람을 매혹하는 무언가가 있기 때문일 것입니다.

저녁에는 맛카 씨와 캠핑카를 타고 내일 예정된 서핑 장소를 미리 둘러보았습니다. 운전하는 맛카 씨 옆의 조수석에는 인디가 앉았습니다. 개와 사람의 이상적인 인연이 두 사람 사이에 있는 것 같습니다.

도중에 내년부터 맛카 씨가 동료와 함께 빌렸다는 뽕깡(중국 화남, 타이완산의 귤의 일종) 밭에도 들렀습니다. 서핑 장소에 도착하자 때마침 일몰 시각이었습니다. 멋들어지게 아름다운 노을이었습니다. 30분 정도 바라본 것 같습니다. 규슈에서는 여기저기 돌아다녔지만, 도쿠시마에 온 이후로는 느긋하게 시간을 보냈습니다. 여행에는 완급 조절도 필요합니다.

3일째는 이른 아침부터 바다로 나갔습니다. 맛카 씨와 어제부터 합류한 저의 동급생 소시는 서핑을 저와 도오루와 카메라맨 Lai는 SUPStand Up Paddleboarding(스탠드 업 페달보딩)를 타고 유유히 바다 위를 떠다녔습니다.

118

맛카 씨와 인디는 서핑도 함께 했습니다. 맛카 씨가 파도를
기다리는 사이 인디도 계속 얌전히 기다렸습니다. 파도에 올라
탈 때는 보드 앞쪽에 앉아서 능숙하게 균형을 잡았습니다. 수컷
인 인디지만 맛카 씨를 바라보는 시선은 마치 연인을 바라보는
것 같았습니다.

우리가 3일 머무르는 동안 맛카 씨는 일을 멈추고 우리 곁에서
가이후를 안내해 주었습니다.

쪽과 함께 사는 맛카 씨는 씩씩하고 명랑해서 마치 사무라이
처럼 '순수'한 사람이었습니다.

도쿄로 돌아가는 길에 핸들을 쥔 제 손은 아직 파랗게 물든 상
태였습니다.

그러고 보니 도쿠시마에서 우리가 본 바다, 하늘은 모두 남색
이었습니다. 선조들은 그 다채로운 청을 식물 속에서 발견했습니
다. 식물 속에 이렇게 깊은 색이 잠자고 있다니, 자연의 '장치'라
는 것은 역시 '순수'한 것 같습니다.

우리가 도쿠시마를 떠난 다음 날, 도쿠시마 남부는 유례없는
폭우에 휘말렸습니다. 우리가 보러 갔던 쪽 밭과 맛카 씨의 공방
도 호우로 침수당하고, 맛카 씨 집의 뒷산도 무너져 아름다운 일
몰을 보았던 도로도 끊겼다고 합니다.

다행히도 큰일은 없었지만, 어제까지 그렇게 편안하게 보냈던
장소가 단 하루 만에 변모해버린 현실에 자연의 상냥함과 무서움
을 동시에 알았습니다.

SNS에서 상황을 알고 바로 맛카 씨에게 전화를 걸었습니다. 이쪽의 불안을 잠재우려는 듯 밝은 목소리로 '오, 큰일은 아니었어. 지금 우비를 입고 밭에 있어'라며 웃으며 답했습니다. 쪽 밭은 맛카 씨의 허리 정도까지 침수당해서 많은 자재가 떠내려갔지만 쪽 뿌리는 생각했던 것보다 더 깊이 뻗어 있었기 때문에 무사히 회복됐다는 연락을 받았습니다. 아이처럼 귀여워하던 아이가메도 무사한 것 같습니다. 물론 인디도요!

자연과 함께 살아가는 일, 때로는 상냥하지만 때로는 엄격한 자연에 의지해서 살아가는 일입니다. 아무리 정성 들여 길러도 호우와 강의 범람, 산의 분화, 지진, 태풍, 가뭄…… 언제 무슨 일이 생길지 모릅니다. 그렇게 농부가 소중히 기른 것을 우리는 판매하고 있습니다. 이 일에 대해서 다시 한 번 감사하는 마음이 싹 틉니다.

여행을
마치며

이번 여름, 산지를 도는 여행을 무사히 마쳤습니다. 여행 일
정 9일 동안, 총 이동 거리는 4,000㎞입니다. 정말로 충실한 여
행이었습니다. 많은 것을 배웠습니다. 작은 채소 가게는 한층 더
성장했습니다.

"처음 뵙겠습니다"라고 인사한 농가부터 평소에 신세를 지던
농가까지 각각의 인품을 접할 수 있었습니다. 무엇보다 농가의 채
소에 대한 애정을 좀 더 몸으로 느낄 수 있었습니다.

"아, 이 아이는 말이죠……"라고 마치 친구를 소개하는 것처
럼 채소에 관한 이야기를 들려 주었습니다. '기른다'라는 말보다
는 '함께 자란다'는 감각입니다. 모두 채소와 같은 시선으로 바
라보고 채소를 분명히 생명이 있는 것, 마음이 있는 것으로 인식

하고 있습니다.

채소뿐만이 아닙니다. 우리가 매일 살아가는 동안에 관계를 맺는 여러 가지 생명도 같은 시선을 갖는 것이 얼마나 중요한지 배웠습니다. 말로는 딱 다가오지 않겠지만 실제로 농부와 만나서 밭에서 일하는 동안 쿵 하고 마음에 와 닿는 것이 있었습니다.

여행을 통해 우리는 사실적인 농가의 일상을 알 수 있었고, 과장이나 겉치레가 없는 있는 그대로의 모습을 느꼈습니다. 역시 결국에는 사람입니다. 어떤 사람이 어떤 생각으로 기르고 있는가? 우리는 그것을 알기 때문에 자신 있게 판매할 수 있습니다. 농가에는 어떤 남자들이 어떤 생각으로 팔고 있는가? 그것을 알려서 안심하고 맡길 수 있게 하는 것입니다.

우리가 여행하는 이유는 사실적인 신뢰를 추구하기 때문입니다. 물론 서로의 상황과 사고 방법, 생각은 변합니다. 그러므로 계속 밭을 방문해서 서로의 근황을 업데이트해야 합니다.

그렇습니다, 우리의 여행은 앞으로도 계속될 것입니다.

column 02

◆ ◇ ◆

씨앗의 기억

　예전부터 씨앗은 농가가 손수 돌보아 기른 공유 재산이었습니다. 지금은 농가의 손길이 닿지 않는 곳에서 만들어지고 있습니다. 일본이 식량 자급률이 낮은 것은 널리 알려졌지만, 그 원인인 씨앗의 자급률이 현저히 낮은 것은 많이 알려지지 않았습니다.

　일반적으로 일본 채소의 씨앗 자급률은 약 10%라고 합니다. 씨앗 자루의 뒤를 보면 대부분이 해외에서 채종한 것임을 알 수 있습니다. 결국, 일본에서 기른 채소도 사실은 수입 씨앗에 의존한 것입니다.

　만약 씨앗 가격이 올라 수입이 중지되면 농가는 작물을 생산할 수 없습니다. 게다가 대부분이 'F1'이라고 부르는 품종 개량된 씨앗입니다.

　F1은 '잡종 강세'라는 식물이 가진 성질을 이용해서 다른 형질의 식물을 교배해서 우수한 1대를 추구한 것입니다. 그런 고로 2대 째부터는 형질이 달라져 농가는 매년 새로운 씨앗을 사야 합니다.

　F1 종의 이점은 유통업과 소매업이 원하는 크기와 형태가 균일한 채소를 취급할 수 있고, 농가는 재배 시간 단축, 수량 증가, 발아와 수확 시기의 안정을 얻을 수 있습니다. 대량 생산, 대량 소비라는 경제 효율을 최우선으로 하는 시대

에서는 필요한 기술 혁신일지도 모릅니다.

지금 유통되는 채소의 90% 이상이 F1 씨앗으로 생산한 것입니다. 결국, 대부분 농가는 매년 종묘회사에서 씨앗을 삽니다.

반면 재래종, 고정종이라는 오랜 세월을 거쳐 토지의 풍토 속에서 전승되어 온 씨앗도 존재합니다. 옛날에는 어느 농가든 자신이 만든 채소에서 씨앗을 채집하여 다음 해에 그 씨앗을 뿌리는 '자가 채종'을 당연히 여겼습니다. 아직 채소의 자가 채종이 번성했던 메이지시대의 서적에는 채소 재배 방법으로 '채종법'이 반드시 실려 있습니다. 원래 채소 재배란 단지 씨앗을 뿌려 수확하는 것이 아니라 생육이 좋은 것을 선발해서 씨앗을 채집하는 것까지 포함한 농가의 운영을 가리키는 것입니다.

또한, 자가 채종한 재래종과 고정종은 자연 재배와 상성이 좋습니다. 왜냐하면, 비료를 주지 않으므로 스스로 양분을 구해서 뿌리를 내리고 농약을 사용하지 않아도 벌레와 병으로부터 스스로 지키며 필사적으로 살아남으려 하기 때문입니다. 식물은 가혹한 자연환경에 처해 있을수록 다음 세대에 생명을 남기려는 힘이 강해집니다. 결국, 생명력이 강한 채소와 씨앗이 만들어집니다.

농가에서 자가 채종하려면 굉장한 수고와 끈기가 필요합니다. 그러나 씨앗은 계속 채집할수록 땅과 기후에 맞게 변화합니다. 그것은 씨앗과 땅, 씨앗과 사람의 조화를 기르는 중요한 작업입니다.

우리는 단순히 품종 개량을 부정하는 것이 아닙니다. 맛있는 F1 씨앗도 잔뜩 있습니다. 본래 다른 품종과의 교잡은 자연스러운 일입니다. 그러나 씨앗에는 선조 대대로 살아온 증거가 새겨져 있습니다. 어디에서 어떻게 자랐는지 씨앗은 기억하고 있습니다.

결국에는 채소도 사람도 살아 있는 것은 모두 '미래의 아이들에게 무엇을 물려줄 것인가'를 생각하고 있습니다. 그것은 지구 위의 모든 생명이 공유하고 있는 삶의 방식이 아닐까요?

The farmer's File

name

(유)선즈팜
데라이 사부로

farmer

profile

농부의 셋째 아들로 태어나 삼대째. 관행 재배에 한계를 느끼고 더욱 맛있고 보다 자연 친화적인 재배를 목표로 2004년부터 자연 재배에 착수. 신규 농업자의 독립 지원을 시작으로 생업을 위한 농업을 가르치고 연수생도 받고 있다.

일찍이 에도의 음식문화를 묶는 생명선으로써 번창한 배편의 거리 지바 현 조시 시. 태평양에서 부는 온난한 바람이 계절에 상관없이 풍부한 혜택을 선사한다. 경작하는 밭의 총면적은 12,000평 정도이다. 데라이 씨는 그곳에서 무, 홍당무, 파, 고구마, 풋콩 등 약 20품종의 채소를 농약과 비료를 사용하지 않고 재배한다. 관행 재배로 순조로운 경영을 했던 데라이 씨지만, 아들의 천식이 계기가 되어 자연 재배로 바꾸었다.

"내가 기른 것이 정말로 좋은 것일까? 인간이 병에 대해서 할 수 있는 가장 효과적인 예방법은 병에 걸리지 않는 몸을 만드는 것이 아닐까?"

그런 생각으로 점점 자연 재배로 바꿨다고 한다. 농약과 화학비료의 효용과 폐해, 모두 아플 정도로 경험한 데라이 씨에게 그것은 용기 있는 결단이었을 것이다. 물론 수확량의 차이는 아주 컸다. 그래도 자연 재배로 기른 채소를 모두가 정말로 맛있게 먹어 주니까 계속할 수 있다고 말하는 데라이 씨다.

좋은 채소를 만들려면 상성이 중요하다고 생각하는 데라이 씨는 씨와 땅, 땅과 자신, 자신과 씨의 상성을 철저하게 추구한다. "상성은 중요해요. 사람을 사귀는 것과 똑같죠!" 모든 생물을 파악하고 있는 데라이 씨다운 멋진 말이다.

게다가 데라이 씨는 밭의 '장소'로써의 관계도 생각한다.

"장소는 같은 땅 다지기를 해도 어느 부분만 성장이 나쁜 곳이 있죠. 그건 물리적으로는 이해할 수 없는 피부로 느끼는 밭의 좋고 나쁨이죠. 농업은 머리만으로는 할 수 없어요. 장소의 공기와 기의 흐름을 파악하는 것이 매우 중요하죠."

이런 감각은 태어날 때부터 갖고 있던 것일까? 밭에 몸을 맡기면 길러지는 것인지는 알 수 없지만, 데라이 씨의 채소에 대한 순수한 마음을 읽을 수 있다. 데라이 씨가 기르는 것은 그의 인품이 느껴지는 상냥한 채소이다.

The farmer's File

file no.

0 2

name

**amrita 농원
와타나베 데쓰야,
후쿠타니 료코**

farmer

profile

농업을 시작한 지 6년째인 와타나베 씨가 운영하는 약 3,000평 정도의 밭에서는 주로 토마토(대옥, 미니, 이탈리안)와 가지 등 연간 약 50품종의 채소를 자연 재배로 기르고 있다. 'amrita'는 인도의 신화에서 불로불사의 약이란 뜻이다.

세계유산으로 유명한 시라카와고우와 가까운 기후 현 다카야마 시 기요미. 여름과 가을 미코토 가게의 채소 세트를 푸짐하게 만드는 'amrita 농원'은 웅대한 산과 맑은 고도리 강에 둘러싸인 멋진 장소에 있다. 우리와 같은 세대인 와타나베 씨와 후쿠타니 씨는 부드러운 분위기로 채소에 대해서 뜨겁게 생각하는 농부이다. 직감적으로 '이 사람들의 채소는 미코토 가게에 어울린다'라고 느꼈다.

여름에는 친구의 토마토 농장을 돕고, 겨울에는 스노보드를 타는 날을 보내던 두 사람은 농부가 되고 싶다는 생각을 품었다. 어떤 재배 방법을 봐도 '이거다!'라는 생각이 들지 않아 한동안 농업 세계에 발을 들이지 못했다. 그러던 중 텔레비전에서 아오모리 사과 농가 기무라 아키노리 씨의 특집을 보고 재배 방법과 기무라 씨의 인품, 무엇보다 행복해 보이는 표정에 와타나베 씨는 팍하고 눈앞이 열렸다고 한다. "이것이 하고 싶었어!"라는 생각에 바로 후쿠타니 씨와 함께 지식도 경험도 없이 농업을 시작했다. 당연하지만 잘 될 리가 없었다. "하기로 결심했을 때부터 그 정도의 각오는 하고 있었으니까"라며 괴로웠던 과거도 웃으며 회상한다.

다카야마 시는 호우 지대로 밭에서 재배가 가능한 기간은 4개월 정도로 짧다. 그래서 와타나베 씨는 겨울에는 노인 요양원에서 아르바이트를 한다. 시즌이 짧으면 초조하지 않나요? 라고 묻자 "반대예요. 다른 사람보다 기간이 짧은 만큼, 채소에 대한 생각도 강해지고, 봄이 기다려져요. 농사 지을 수 있다는 기쁨을 매일 느껴요."

amrita 농원에서는 채소를 하나하나 소중하게 상자에 담아서 보낸다. 매번 편지도 함께 들어 있다. "올해 토마토는 작년보다 훨씬 더 맛있습니다. 꼭 드셔 보세요!" 소중하게 길러서 소중하게 보낸다. 이런 노력에서 두 사람의 채소를 향한 애정이 느껴진다.

The farmer's File

name

칼리의 채소
안도 다카후미

farmer

profile

1978년생. 환경문제와 농업에 흥미를 갖고 유기농 농업을 시작했다. 비와 호(시가 현 중앙의 호수) 근처에서 태어나 자라고 "손자 대에는 기분 좋게 수영하고 싶다"를 자신의 슬로건으로 걸고 보다 환경에 부담이 적은 자연 재배를 하기 시작했다.

"순수한 야생아 농부." 그에게는 이런 말이 아주 잘 어울린다. 시가 현 구사쓰 시, 비와 호와 가까운 곳에 안도 다카후미 씨(통칭 칼리 군)의 밭이 있다. 특히 밖에서 하는 일을 좋아해서 일이라면 농업밖에 없다고 생각했다. "의식주 중에서도 '식'을 자급자족하고 싶었어요. 농사를 지어야겠다고 생각했죠."

어린 시절부터 비와 호가 놀이터였다. 그래도 그 시절의 비와 호는 이미 더러워 헤엄칠 수 있는 상태는 아니었다. "옛날에 비와 호는 은어, 장어, 조개 등이 잡힐 정도로 깨끗했지"라는 말을 들으며 옛 시절을 부러워하면서 억울한 마음이 들었다고 한다. 어른이 되어서 자신을 길러 준 토지를 향한 진실된 생각이 환경에 가능한 부담을 주지 않는 자연 재배라는 농업과 연결되어 있다고 생각한다.

칼리 군은 채소는 '먹는 것'보다는 '살아 있는 것'이라고 말한다. 그러므로 채소의 페이스에 맞춰 무리하지 않고 기르는 것을 중요하게 여긴다. 칼리 군의 아버지가 돌아가셨다는 소식을 듣고 발송하지 않아도 괜찮다고 말하자 "그것은 채소와는 관계 없어요. 채소는 기다려 주지 않으니까요. 제대로 도착할 겁니다"라는 칼리 군의 말을 지금도 선명하게 기억한다. 채소를 생각하는 그의 마음은 프로라고 생각한다.

농사를 정말로 좋아하는 칼리 군. "밖에서 계절을 느끼면서 일할 수 있고, 매년 신선하고 반짝거리는 1학년의 마음을 가질 수 있어요. 게다가 직접 기른 채소는 내 아이처럼 귀엽고 무엇보다 맛있죠. 장래 좀 더 동료가 늘어나면 환경을 개선하고 싶어요. 그러기 위해서는 제가 기른 채소를 좀 더 많은 사람이 먹어 주고 많은 사람에게 알려야겠죠."

그리 머지않은 미래에 깨끗해진 비와 호에서 손자들과 헤엄치는 칼리 군의 모습을 상상해 본다.

The farmer's File

file no.

0 4

어느 이벤트에서 우리 부스에 놀러 온 사사키 팜의 활기 넘치는 사사키 마키 씨와 처음 만났다. 거무스름한 피부에 큰 목소리, 긍정적인 힘이 느껴지는 첫인상이었다.

사사키 팜의 역사는 길다. 홋카이도 도우야코 쵸에서 초대가 1907년에 세웠다. 마키 씨의 형부 다카히토 씨가 이어온 지 17년. 약 42,000평의 광대한 면적에도 상관없이 농약과 비료에 의존하지 않고 대지의 힘만으로 자연 재배를 하고 있다.

name

사사키 팜
사사키 마키

사사키 팜은 기분 좋은 곳이다. 눈 앞에 펼쳐진 밭도 그렇지만 스태프의 움직임이 굉장하다. 밭에서 만나면 활기차게 인사를 나누고 모두 항상 웃는 얼굴이다. 외부에서 보고 있으면 행복한 공간이지만 사사키 팜도 지금에 이르기까지 여러 가지 일이 있었다고 한다.

다카히토 씨가 운영하던 무렵, 경영이 나빠졌다. 농사를 그만둘까 생각했을 때 다카히토 씨 부부의 아들인 다이치 군이 돌연 사망했다. 며칠 후 한 권의 책이 친구로부터 도착했다. 책 속의 "고맙다고 계속 말하면 기적이 일어난다"라는 말을 보고 마음속에서 '고마워요'라는 말을 반복하면서 새로운 마음으로 재도전했다고 한다. 그후, 마치 기적처럼 손님들이 "전보다 채소가 맛있어요"라고 말해 주었다. "손님들의 맛있고, 기쁘고, 즐겁다고 생각하는 마음이 에너지가 됐어요. 그러니까 농약을 사용하지 않았으니 먹어 주세요가 아니라 단지 먹고 싶기 때문에 선택해 주면 좋겠어요. 우리가 기른 채소를 손님들이 먹음으로써 에너지가 될 때까지 소중하게 하고 싶어요"라는 마키 씨다.

farmer

유통을 담당하는 우리는 전달하는 것뿐만 아니라 이 마음도 함께 전해야 할 사명이 있다는 것을 다시 한 번 실감했다. 몸을 갖고 살아 있는 것의 소중함을 알려 준 다이치 군과 함께 사사키 팜에서는 오늘도 애정이 넘치는 맛있는 채소를 기르고 있다.

profile

1975년생. 사사키 팜 삼대째의 3녀. 어린 시절부터 밭일을 좋아함. 뉴질랜드, 도쿄를 거쳐 "농업을 통해 할 수 있는 일이 있다!"며 홋카이도로 귀향. 현재는 사사키 팜의 디렉터로 활약 중이다.

3

Talk with rooters

미
코
토

가
게

대
담

이번 농가를 도는 여행(P.54~)에

셰프
with

후나야마 요시노리

이번 농가를 도는 여행(P.54~)에
동행한 셰프 후나바나 요시노리 씨.
후나바나 씨는 세계의 향토 요리를 기본으로
일본 각지의 생산자와 직접 관계를 맺고
음식재료를 직접 조달한다.
셰프의 눈에
이번 여행은 어떻게 보였을까?

진짜 '맛있는 것'을
전하고   싶다

스즈키   나가사키 현 운젠 시에서 재래종을 기르는 이와사키 마사노리 씨(P.63)를 찾아가기로 결정했을 때, "후나야마 군밖에 없어"라고 생각하고 그에게 권유했습니다. 후나야마 군은 전국의 생산자를 만나서 세계의 향토 요리를 만들고 있다고 들었으니까 이 여행의 동료로 딱 적당하다고 생각했습니다. 또 셰프 답지 않은 외모도 좋고요(웃음).

후나야마   이래 봬도 전보다는 조금 셰프다워졌어요(웃음).

스즈키   우선 후나야마 군은 셰프로서 다양성을 체험하고 있죠. 이번에 농가를 방문하는 중에 '다양성'이라는 말을 몇 번이나 듣지 않았습니까. 우리 사회도 좀 더 다양성이 있어 자유로우면 좋겠어요. 그런 의미로 매우 자유롭고 깊이가 있는 셰프예요.

—— 이와사키 씨가 만든 재래종 채소를 요리해 보니 어땠습
니까?

후나야마   솔직히 어려웠습니다. 개성이 강해서요. 균형이 잡
히지 않은 것을 다루는 어려움을 느꼈습니다. 특정 조리법으로는
적당할지라도 모든 요리에 어울리지는 않았거든요. 그러나 그것
이야말로 재래종의 매력인 것 같습니다.

—— 매력 자체가 어려운 점인가요?

후나야마   한 점 돌파라고 할까 딱 맞을 때의 폭발력 같은 것
은 먹는 사람뿐만 아니라 셰프도, 생산자도 끌어들이는 엄청난
힘을 갖고 있습니다. 그것이 재래종이 가진 강함일까요. 간단하
게는 다룰 수 없다고 생각했습니다. 즉흥적으로 하기에는 한계
가 있었습니다.

스즈키   후나야마 군이 요리하면서 "무섭네요"라고 말했죠.
재래 채소는 개성적이고 맛을 낸다고 어떻게 되는 것이 아니라서
어려움이 많았을텐데 훌륭히 완성하다니 멋졌어요.

후나야마   요리를 하면 '이 채소에는 이런 게 어울릴까'라는
것이 보입니다. 예를 들면 귤 농가인 후쿠다 씨(P.77)를 방문했
을 때 "멧돼지가 귤을 먹으러 와요"라고 말씀하셨습니다. 사실
멧돼지와 귤은 아주 잘 어울립니다. 접시 위에서 어떻게 표현할
것인지를 생각하는 것이 아주 즐거웠습니다. 요리뿐만 아니라

스토리도 먹는 사람에게 전할 수 있다면 좀 더 재밌어집니다. 음식이 태어난 환경을 하나의 접시로 표현할 수 있으니까요.

스즈키 셰프야말로 주방을 벗어나서 생산자와 만나면 좋지 않을까요? 하나의 접시를 생각하고 요리한다는 것은 대단히 창조적인 것이니까요. 밭으로 나가면 딱 맞는 재료가 여기저기 떨어져 있습니다. 그것을 하나하나씩 주워서 표현하면 좀 더 재미있는 것이 될 것입니다.

후나야마 맞아요, 그래요. 기술을 추구하는 타입의 셰프는 주방 안에서 상상으로도 요리를 만들 수 있지만, 저는 그런 타입은 아닙니다. 물론 그런 것을 동경해서 공부하던 시기도 있었습니다. 생산자와 직접 만나서 이야기를 듣고 여러 가지 현장을 둘러보는 동안에 생각이 바뀌었습니다. 모든 것은 현장에서 시작됩니다.

—— 이번 농가를 방문하는 여행에 동행했는데 매번 놀라움의 연속이었습니다. 실제로 만나서 듣지 않으면 알 수 없는 것이 많았습니다.

스즈키 생산자도 마찬가지입니다. 일반적으로 생산자로서 채소를 출하한 후 어떤 사람이 취급하는 것인지 모르고 어떤 식으로 팔리고 있는지, 어디에서 어떤 사람이 먹고 있는지 전혀 모르니까요. 우리는 작은 유통이야말로 생산자와 신뢰 관계를 구축

하는 것이 아주 중요하다고 생각합니다.

농가에게 '맛있었어요'라는 말은 최고의 칭찬입니다. 이것 이상으로 기쁜 것은 없습니다. 그래서 마음을 담아 채소를 기르는 것입니다. 요리하는 셰프도 그럴 것이고, 먹는 사람이 기뻐해 주면 그 기쁨을 우리가 농가에 피드백해서 농가도 기뻐합니다. '맛있어요'라는 말은 모두를 행복하게 만듭니다. 농부가 맛있는 것을 만들면 다음은 우리 차례입니다. 소비자에게 바통을 전하고 그것을 농부에게 돌려주는 것, 그런 순환이 좀 더 생기면 좋을 것 같습니다.

—— 지금까지는 각각의 관계가 단절되어 있었다는 거죠?

스즈키 단절되어 있으면 속임수가 통합니다. 어떤 사람이 먹을지 알 수 없으니까 좀 적당히 해도 괜찮겠지라고 생각하는 사람이 생기는데 어쩔 수 없습니다. 왜냐하면, 인간이니까요. 그것이 맛있었는지 아니었는지 반응이 없으니까 보람을 찾으려고 해도 어렵습니다. 그렇다면 무엇이 보람이 되는 것일까 말한다면 돈이겠죠. 어떻게 하면 돈을 벌 수 있을까라는 것이 되어버려요. 농업에만 해당되는 것은 아니고 1차산업 전부 그렇습니다. 그러므로 채소가 점점 공업 제품화 된다고 생각합니다. 분단되어 관계가 보이지 않는 것에 첫 번째 원인이 있는 것이죠.

후나야마   지금 사람들은 '인공적으로 만들어진 것'에 너무 익숙해져 있습니다. 음식재료에 대해서도 요리에 대해서도. '만들어진 것'과 '보다 자연에 가까운 것'을 비교하며 어느 쪽을 선택하는가는 그 사람의 자유지만, 선택할 수 없는 상황에 있다고 생각합니다. 이번에 방문했던 농부들도 이와 관련해서 '만든다'가 아니라 자연과 함께 '만들어 나간다'는 생각으로 만들어진 것이 본래의 먹거리라고 생각합니다. 그런 것을 먹을 수 있는 곳은 일부 한정된 음식점밖에 없습니다. 일부 사람만 그런 곳을 갑니다. 모든 사람이 먹게 하려면 제가 레스토랑에서 나와 다른 곳에서 요리를 만들 수밖에 없습니다. 더욱 많은 사람에게 진짜를 전달하고 싶습니다.

스즈키　　우리도 그렇습니다. 그런 일부 사람에게만 채소를 배달하고 싶은 것은 아닙니다. 유기농을 모르는 사람에게 어떤 방법으로 먹을 기회를 만들어 줄 것인가? 그런 것까지 모두 포함한 것이 우리의 역할이라고 생각합니다. 셰프와 함께 하는 것이 가장 좋다고 생각합니다.

실제로 음식을 나눠 먹는 'Dish on Delish'라는 이벤트를 하는 이유도 그것입니다. 셰프는 음식재료가 가진 스토리, 배경을 파악해서 요리를 만듭니다. 그런 시점이 앞으로의 셰프에게 꼭 필요하다고 생각합니다. 보통 가정에서 요리하는 사람도 그런 의식을 배운다면 좋겠습니다. '이 먹거리는 어떤 배경에서 자란 것일까?' 자연스레 흥미가 솟는 계기가 될 수도 있으니까요. 온갖 수단 방법을 가리지 않고 소비자인 음식을 먹는 사람과 생산 현장의 거리를 줄이는 것이 우리의 임무라고 생각합니다.

후나야마　저도 생산자를 찾아뵙습니다. 미코토 가게의 두 사람과는 같은 뜻을 갖고 함께 해 나가는 사람들이라고 생각합니다. 소중한 시간을 투자해서 기른 작물을 더욱 많은 사람에게 전하기 위해서 어떻게 하면 좋을까? 미코토 가게와 함께 앞으로 여러 가지를 생각해야겠죠.

스즈키　이번에 함께 'Dish on Delish'를 하고 싶습니다. 역시 시식회를 하는 것이 가장 반응이 빠르니까요.

후나야마　음식과 관련 없는 사람도 끌어들이고 싶습니다. 음식에 관련된 사람뿐이라면 어느 정도 핵심적인 사람만 모이겠죠. 문호를 넓히기 위해서 음식 이외의 창조적인 일을 하는 사람도 합세하면 그것을 계기로 우리의 생각이 좀 더 퍼질 것입니다.

스즈키　예를 들면 크래프트라든가 물건을 만드는 사람들과는 '정말 좋은 것'이라는 가치 아래 쉽게 통합니다. 잡화점이라든가 의류라든가 다른 장르 이벤트에 음식 대표로서 참여하기도 합니다. 정성 들여 만든 옷이라든가 삶의 도구를 좋아하는 사람은 미코토 가게 채소를 알게 되면 흥미를 보입니다. 그런 의미에서라도 좀 더 문호를 넓혀가고 싶습니다. 저변을 넓히겠다는 느낌으로요.

후나야마　보여 주는 방법을 바꾸는 것 하나만으로도 문호는 넓어집니다. 저도 원래 제 가족이나 주변 사람이 기뻐해 주니까 요리를 시작한 것이 원점입니다. 제 주변 사람부터 시작해서 진짜

3장.
미코토 가게
대담

요리와 음식재료를 알려 주고 '진짜 맛있음'을 알게 하고, '먹는다
는 건 즐겁다'라는 것을 좀 더 널리 전하고 싶습니다.

후나야마 요시노리 Yoshinori Funayama
자신 있는 분야는 세계 각국의 향토 요리. '테루아르(Terroir, 포
도주가 만들어지는 자연환경)를 매개로 한 각 토지에 뿌리 내린
요리, 다양한 문화가 교차하는 요리' 수업을 익혀, 일본 각지의 여
러 가지 농사법으로 농사 짓는 생산자와 교류하면서 진짜 음식재
료가 있는 요리를 추구 중이다.

마쓰바 마사카즈

IFNi ROASTING & CO.

아리모토 구루미

셰프

with

매번 게스트를 초대해서
미코토 가게의 맛있는 채소를 먹는 이벤트 'Dish on Delish.'
2014년 8월에 열렸던
제4회 게스트는 셰프 아리모토 구루미 씨와
'IFNi ROASTING & CO.'의 마쓰바 마사카즈 씨.
세계와 일본 각지를 여행하고 온
그들이 만났던 사람과
그곳에서 탄생한 요리는 어떤 것일까?

'맛있다'로
연결되는   관계

스즈키 　구루미 씨는 언젠가 'Dish on Delish'에 나와 주셨으면 좋겠다고 생각했습니다. 구루미 씨와 여름에 아침 식사를 먹는 모닝 이벤트를 하고 싶었습니다.

'내추럴 하모니'에서 농업 연수를 받던 시절 우리는 아침의 밭을 아주 좋아했습니다. 아침 4시 정도의 이제 막 태양이 떠오르고 있는 밭은 정말 기분 좋았습니다. 한낮의 태양을 피해서 오후에는 느긋하게 쉬고, 다시 저녁부터 일합니다. 그 여름의 생활이 아주 좋았습니다. 밭에서 모두 아침 햇볕을 만끽하고, 그 후 아침 식사를 먹는 이벤트를 하고 싶다고 생각했습니다. 아침이라면 커피죠. 커피라면 IFNi의 마쓰바 씨밖에 없습니다. One&Only의 커피를 내리는 마쓰바 군은 커피 붐의 파도에 휩쓸리지 않고 독

특한 자신만의 세계를 가진 점이 좋습니다.

아리모토　장소로 선택한 'EAST FARM' 후와 씨의 밭에 사전 답사를 하러 갔을 때는 아침 이벤트만 예정에 있었죠.

스즈키　그러나 후와 씨에게서 곧 정원에 피자 가마가 생긴다는 이야기를 듣고 저녁도 하기로 했죠.

아리모토　B&B(베드&블랙 퍼스트)가 좋지 않아요?라고 해서 결국 저녁과 아침의 1박 2일 이벤트가 되어 버렸어요. 어젯밤의 공간, EASE의 인테리어가 아주 멋졌어요.

스즈키　테이블과 의자, 장식을 부탁드린 EASE 씨가 와 준 덕분에 아주 좋아졌어요. 이번 광고 디자인을 해 준 디자이너와 EASE 씨를 이벤트에 초대하는 조건으로 돈을 주고받지는 않았습니다. 서로 돈이 아닌 즐거움을 나눈 것 같아요.

마쓰바　굉장히 개인적인 이벤트였습니다. 일반적으로 이벤트라면 불특정 다수의 사람이 오잖아요. 그런데 이번에는 어떤 장소에서 무엇을 사용한다는 것이 매우 확실했습니다. 특정 게스트를 위한 요리를 준비한다는 점이 좋았습니다. 즐겁게 일했습니다.

스즈키　마쓰바 군의 커피는 마쓰바 군의 것이라기보다는 함께 하는 사람을 위한 것입니다. 이번 모임에서는 우리의 이미지를 잘 잡아서 그것을 마쓰바 군이 변형하여 표현해 주었습니다. 그것이 정말 기분 좋았습니다.

아리모토　저도 마쓰바 군에게는 항상 어리광만 피우게 돼요

(웃음). 이탈리아의 이미지라든가 베트남의 이미지라든가 그런 것을 커피로 만들죠.

스즈키　이번에는 '아침 태양의 에너지'가 주제였습니다. 아침 태양의 에너지를 느끼고 싶어서요.

마쓰바　여름의 태양을 피해서 작업하고, 청청한 아침이 점점 밝아오는 시간대의 이미지였습니다.

스즈키　채소는 아침 햇볕을 쬐면서 하루 중 광합성의 80%를 끝냅니다. 그 정도로 아침 태양의 에너지는 엄청난 것이죠.

아리모토　태양이 너무 강하면 채소는 시듭니다.

스즈키　맞아요. 오후에는 너무 강하니까 아침에 거의 일을 끝내요. 사람도 아침 햇볕을 쬐는 쪽이 좋아요. 이번에는 손님들도 함께 후와 씨의 아침 밭을 체험했습니다. 아침에 수확한 오쿠라와 몰라키아가 아침 메뉴로 올라왔습니다. 구루미 씨는 미리 메뉴를 정해 놓고 요리하지 않으니까요.

아리모토　그날의 기분과 감정에 맞춰요. 어제 저녁 메뉴는 어떻게든 정했는데 다음은 오락가락(웃음). 재료를 보면서 생각했습니다.

스즈키　이곳의 분위기라든가 기온도 영향을 끼치겠죠. 아침에 나온 소시지는 구루미 씨가 조합한 양념 레시피로 동네에 있는 햄 가게 '슈타트싱케'에 주문한 것입니다. 가게 주인 나카다 씨는 미코토 가게를 시작했을 무렵 동네 벼룩시장에서 만났습니다. 싹싹하게 말을 걸어 주었죠. 햄을 먹어 보니 아주 맛있어서 가게를

시작한 이야기를 들었는데 멋진 분이었습니다. 주문대로 만들어 주기도 해서 구루미 씨의 양념 레시피로 이번 이벤트를 위한 오리지널 소시지를 만들었습니다.

아리모토 인도에서 사 온 양념을 조합해서 넣었습니다. 미코토 가게는 맛있는 채소를 많이 준비해 주시니까 저는 크게 힘들지 않았어요. 사실 조미료는 거의 사용하지 않습니다. 단순한 조리법으로도 아주 맛있게 만들어졌습니다.

마쓰바 저는 어제 아마미오 섬에서 도착한 패션 푸르츠 과육과 커피를 조합해서 리리코이 커피를 만들었습니다. 커피도 나무 열매로 과육 안에 있는 씨앗이 콩입니다. 계절 과일을 사용한 커피를 만들고 싶었습니다. 아침에 일어나자마자 마실 수 있는 '약선 커피'를 만들고 싶어서 허브를 넣어 기운을 차리게 해 주는 약 같은 커피를 만들었습니다.

이번에는 일부러 특징 있는 커피가 아니라 평범한 것을 사용했습니다. 과일을 사용하면 맛이 바뀌고, 사람의 취향도 그때그때 바뀌니까요. 그것에 맞춰 커피도 좀 더 자유로워도 괜찮겠죠.

스즈키 두 사람을 보고 있으면 두근두근한다고 할까, 즐거운 일을 하고 싶다는 그런 에너지의 원천 같은 것이 느껴집니다. 우리도 마찬가지입니다. 하지만 우리 두 사람만으로는 아무것도 할 수 없다는 것도 실은 최근 깨달았습니다(웃음). 그러니까 모두 함께하면 좀 더 좋은 것을 할 수 있을 거로 생각합니다.

야마시로 항상 택배라든가 유통을 하면서, 주말 이벤트에도

나가고 있는데 'Dish on Delish'는 그 어느 것과도 다릅니다. 손님이 기뻐하는 것이 최우선인 것은 똑같지만, 게스트로 온 사람들의 각각의 분야가 투영되어 있어서 자연스레 좋은 것을 만듭니다. '맛있다'도 그렇지만 그 이외의 '좋은 것'이란 그 장소에서는 보이지 않아도 분명 연결되어 있습니다. '기분이 좋다'라고 생각한 것을 누군가에게 전하고 싶지 않습니까?

마쓰바　구루미 씨와 미코토 가게의 두 분을 보면서, 사람이 있기 때문에 요리나 음식재료에 플러스의 부가가치가 생긴다는 것을 느낍니다. 좋은 물건만이 전부는 아니라는 말이죠. 결국, 음식을 통해서 사람을 느낀다고 할까요.

아리모토　비슷한 사람끼리 모이는 거죠. 마쓰바 군, 미코토 가게의 두 분은 이 일을 하기 전부터 여러 곳을 여행하면서 여러 가지 경험을 했기 때문에 지금의 모습이 된 것입니다. 그러므로 모두가 각자 가지고 모인 것을 활용해서 재미있는 것을 할 수 있지 않을까요?

스즈키　농부도 셰프도 바리스타도 모두 창조적인 일입니다.

아리모토　이벤트에서 마음 맞는 사람을 찾는 것도 중요하지만, 일상생활의 연결도 생각합니다. 먹은 사람이 맛있는 것, 맛없는 것, 이것은 좋은 것, 좋지 않은 것이라고 말하는 것을 솔직하게 받아들였으면 합니다. 맛있는 것을 만들어 주는 것은 '이런 맛이야'라는 것을 알아주었으면 하는 마음에서입니다. 그것을 알아차리지 못하면 만들어 준 사람을 응원할 수 없습니다. 말은 하지 않지만 알아차리면 좋겠다는 생각으로 요리를 만들고 있습니다. 또한, 일본인의 식생활은 위기 상황이라고 생각합니다. 슈퍼마켓에서 쇼핑하는 사람들의 장바구니를 보면 '먹을 것이 아닌 것'을 사는 사람들이 많아서 놀랍니다. 단지 '싸다'는 이유입니다.

스즈키　역시 아무래도 가장 절약하는 것이 식비죠. 음식은 사라져 버린다고 생각하니까요. 그러나 그렇지 않죠, 오히려 우리의 몸을 만듭니다.

마쓰바　몸에 들어가는 것이니까요.

스즈키　그것을 알리기 위해 '싼 것에는 싼 만큼의 이유가 있다'는 부정적인 캠페인을 진행할 것이 아니라 '잘 만든 것은 맛있다'라는 긍정적인 방향으로 바꾸고 싶습니다. 우리와 관계를 맺고 있는 어느 유기농 관계자들과 함께 유전자 조작 문제나 씨앗 문제에 관한 이야기를 하면서 그런 문제도 확실히 알려야 한다고 생각했습니다. 하지만 어느 때부터인가 전하는 방법을 바꿔야겠다고 생각했습니다. 좀 더 긍정적인 에너지로 말이죠.

아리모토　말로만이 아니라요.

스즈키　일부러 말하지 않아도 맛있는 것을 먹으면 확실히 공유할 수 있을 거로 생각합니다. 그러므로 'Dish on Delish'는 앞으로도 계속하고 싶고, 모두에게 맛있는 것을 전하고 싶습니다.

아리모토 구루미 Kurumi Arimoto

모로코, 스페인, 인도 등 세계를 여행하면서 그 토지의 음식
을 테마로 한 요리 연구가로서 활약. 저서로 『아리모토 구루
미의 밥 앨범』 (슈후토세이카쓰샤)이 있다.

IFNi ROASTING & CO.

마쓰바 마사카즈 Masakazu Matuba

10대부터 해외를 여행하며 다양한 커피 문화, 장인과의 교
류를 바탕으로 시즈오카 시에서 'IFNi ROASTING & CO.'
라는 가게를 열어 로스팅을 중심으로 활동. 유행에 좌우되
지 않는 'JUST COFFEE'는 국내외에 많은 팬이 있다.

with
MERCI BAKE
다시로 쇼타 ──

페루치
P E R C H

미코토 가게가 취급하는 과일은
1년 내내 손에 넣을 수 없다.
특정한 시기에만 만날 수 있는
놀랍도록 맛있는 과일을 사용해서 케이크를 맏드는
'MERCI BAKE'의 다시로 쇼타 씨와
이벤트 행사에서 미코토 가게와 자주 얼굴을 마주치는
페루치 씨의 이야기를 들어 보았다.

무리하지 않고
계속하는 데   **필요한 것**

스즈키　　케이크의 세계는 외관을 중시해서 무슨 일이 있어
도 예쁜 것을 추구합니다. 그러나 쇼타는 흠이 있는 과일도 흔쾌
히 사용합니다. 그런 케이크 가게도 있다는 것이 신선한 충격이
었습니다.

다시로　　예쁜 것만 만드는 것은 매우 위화감이 있기 때문입
니다. 그러나 사실 전에는 그것밖에 몰랐고, 그것이 일이라고 생
각했습니다. 달지 않으면 달게 만들고, 시큼하면 그 맛을 줄입니
다. 맛있게 가공하는 것이 제 일이라고 생각했습니다. 하지만 매
우 위화감이 있었죠. 미코토 가게의 과일을 사용하기로 한 것도
사실 '자연 재배가 아니면 안 돼'라는 의도가 아니라 단순히 맛있
기 때문입니다. 뎃페이 씨에게 처음 받았던 자두의 맛은 지금도

기억할 정도로 맛있었습니다. 그래서 가게를 오픈하기 전부터 미코토 가게의 과일을 사용하고 싶다고 말했습니다. 과일뿐만 아니라 당근 케이크의 당근과 일전에는 홋카이도산 생 옥수수도 사용해 봤습니다. 캐러멜을 섞어서 캐러멜 콘 맛의 타르트를 처음으로 만들었는데 반응이 좋았습니다.

야마시로   그러나 옥수수 시기는 8월 중순에 끝나서 다음 시즌까지는 들어오지 않아요.

다시로   미코토 가게의 발주 리스트를 보고 주문한 채소와 과일이 도착하면 메뉴를 생각하는 데 매번 모험입니다. 다음 주에는 무엇이 들어올지 사전에 알 수 없어서 손님에게도 좀처럼 말을 못합니다(웃음). "지난주 먹었던 케이크가 맛있었는데요"라는 말을 들어도 "죄송합니다. 이미 시즌이 끝나버려서요. 내년에 다시 나옵니다"라고 말하죠.

야마시로   이런 케이크 가게 거의 없지요(웃음).

다시로   얼마 전에도 진귀한 골드 자두라는 것이 한 번 들어왔는데 굉장히 맛있었습니다. 손님이 "한 번 더 먹고 싶어요"라고 말했지만 "내년에도 있을지 없을지 알 수 없네요"라고 했죠.

야마시로   1년 중, 어느 시기의 일주일 동안에만 수확할 수 있는 자두입니다. 작년에는 수확할 수 없었는데 올해는 수확했다니 놀라운 일이네요.

—— 게다가 일생에 한 번뿐인 케이크를 만나기 위해서는 가게에 계속 들려야만 합니다. 언제 방문해야 만날 수 있을지 모르거든요.

다시로　　그렇습니다. 단골손님이 "언제 먹을 수 있어요?"라고 묻습니다. 수확하는 시기도 그렇고 점점 맛이 변하니까 자연스레 과일의 사이클에 손님이 맞추게 되었습니다.

스즈키　　이 케이크 가게에는 1년 내내 딸기 쇼트케이크는 없는 거네요. 쇼트케이크라고 하면 보통 케이크 가게의 매상을 올려 주는 기둥 같은 존재이고, 있으면 어쨌든 팔리니까요. 제철 과일 케이크를 내놓는 것만으로도 자연의 리듬을 전할 수 있다는 것이 아주 멋집니다. 케이크 가게라도 계절감을 확실히 전할 수 있군요.

다시로　　딸기 철에는 전부 딸기 케이크라도 괜찮다고 생각해요.

스즈키　　쇼타가 만든 쇼트케이크. 먹어 보고 싶네요.

야마시로　　딸기가 나오는 시기뿐이지만요.

다시로　　전문학교에서 가르치던 시절, 학생에게 딸기 철을 묻자 모두 12월이라고 말했습니다. 크리스마스는 딸기, 핼러윈은 호박 같은 생각이 자리 잡은 거죠. 진짜 제철은 모두 다른데요.

야마시로　　우리도 계절에 어긋나는 주문이 들어오는데 찾아도

아무것도 없으니까 어쩌지 못하는 경우도 있어요.

스즈키　자신의 형편에 맞추는 것이 아니라 계절에 맞는 것을 만들어야 하는데 말이죠. 1년 내내 공급하려면 아무래도 농약을 사용하지 않으면 키울 수가 없습니다.

야마시로　계절을 무시하고 억지로 만드니까 약합니다. 여러 가지 약으로 보호해야 하니까요. 특히 딸기처럼 겉보기에 좋은 과일이 그렇습니다.

스즈키　확실히 자연의 사이클에 맞춰서 만든 것을 선택해서 사는 사람이 늘어나면 무리해서 만들 필요도 없어지고, 오히려 정말 맛있는 제철의 맛을 즐길 수 있습니다. "지금은 철이 아니에요"라는 것을 좀 더 알아줬으면 합니다. 어딘가 부자연스러운 것을 알아차리는 그런 감각이 모두에게 있다면 "왠지 이상하네"라고 생각하지 않을까요.

페루치　저도 개인으로 활동하기 전에는 카페라든가 작은 커뮤니티 안의 법칙 기준을 따랐습니다. 좀 전의 이야기를 하면 완벽한 쇼트케이크를 만들기 위해서 최고의 딸기를 모으려고 했습니다. 그러나 밖에 나가서 프리랜서로 활동하면서 여러 사람과 만나 시야가 아주 넓어진 덕분에 점점 지금 있는 상태 안에서 최고를 목표로 하자는 사고 방식으로 전환했습니다. 카페에서 나오는 카레도 1년 내내 같은 재료로 만드는 것에 위화감이 없었지만, 지금은 다른 방법도 있지 않을까합니다.

다시로　케이크 가게는 대개 진열장에 케이크를 전부 진열하지 않으면 오픈하지 않습니다. 허세의 문제입니다. 그러나 우리 가게는 9시 30분에 열지만 케이크는 거의 진열하지 않고 아침에 는 스콘이나 요구르트를 진열하고, 굽는 순서 대로 내놓는 스타일입니다. 빵 가게는 이런 가게가 많은데 케이크 가게는 거의 없습니다. "가토 쇼콜라는 몇 시부터인가요?"라고 손님이 묻습니다. 1년 내내 여러 시간대에서 그날 만든 케이크를 팔고 여러 사람이 옵니다.

스즈키　케이크라는 건 매일 먹는 것은 아니고 기호품이죠. 'MERCI BAKE'는 매일 즐기는 케이크 가게네요. "오늘은 무엇이 있을까?" 같은 느낌으로요.

다시로　주에 2~3번 오는 사람도 꽤 많습니다. 빵 가게 같은 주기로 오시죠. 생일에만 살 수 있는 특별한 케이크를 파는 가게는 아닙니다. 사실 좀 더 일찍 일어나면 많이 만들 수 있겠지만 그렇게 일하고 싶지는 않습니다. 밤에도 끝나지 않으면 발을 동동거리며 빨리 끝내고 마시러 가고 싶고, 아침에는 더 자고 싶어요. 오랫동안 가게를 하고 싶으니까 무리하지 않습니다.

스즈키　무리하지 않고 계속할 수 있는 형태군요.

다시로　역시 쇼인 신사 앞이라는 평범한 동네라는 장소와 사람이 그렇게 만들어 주는 것이 아닐까요. 원래 일본 과자 가게였던 곳이 문을 닫고 거기에 새로운 케이크 가게를 오픈했다는 내력도 좋았고요. 요요기하치마엔과 시부야와 가까운 장소에서 가게를 하면 사람은 많이 올지 모르지만, 거기에 맞춰 바쁜 페이스로 일하고 싶지 않았습니다. 이곳은 느긋한 상점 거리니까 근처의 아줌마도 거리낌 없이 올 수 있고, 아침부터 하는 가게는 주변에는 적지만 한다는 것에 의미가 있다고 생각하며 운영 중입니다.

스즈키   맞아요. 그래서 우리도 열어 볼까 하고 생각한 사람이 나올 수도 있고, 활기찬 상점 거리는 아침이 빠르니까 건강한 느낌이라 좋은 것 같아요. 페루치도 지금 가게를 열까 열지 말까 여러 가지 고민하고 있죠?

페루치   평소에는 카페에서 일하지만, 매주 금요일에는 한 가게에서 일했습니다. 어느 날 주인에게 그 가게를 맡지 않겠냐는 말을 들었지만 두근두근하지 않았습니다. 아마 제가 만든 공간이 아니라서 그런 것 같아요. 스스로 만들어 보고 싶다는 생각이 있으니까요.

스즈키   우리도 어떻게든 가게를 갖고 싶다는 바램은 없습니다. 타이밍이라든가 흐름이라든가 필요한 것이 필요한 때에 생기지 않을까 해요. 우리는 가게 없이 이벤트 행사에 나가고, 밖에 나가서 활동하면서 페루치와 쇼타를 만났으니까요. 그것은 지금의 미코토 가게의 축이 된 재산이 되었습니다. 그러므로 페루치도 여러 가지 장소에서 열리는 재미있는 이벤트에 잔뜩 가서 그곳에서 경험한 일, 사람의 만남을 집대성해서 가게를 차리는 것이 좋지 않을까 생각합니다.

페루치　가게가 없기 때문에 할 수 있는 일이 많아요. 여러 곳에 가서, 그 토지에 있는 것으로 무언가를 생각할 수 있었고, 여러 사람과 만남도 있었습니다. 미코토 가게처럼 이동하면서 그곳에서 받은 영향과 관련된 일을 하는 느낌이 지금은 즐겁습니다.

MERCI BAKE 다시로 쇼타 Shota Tashiro
프랑스 리옹의 과점 가게에서 배우고 귀국 후 프리랜서로 강사와 케이터링을 했다. 2012년 산구바시 'Life son'의 파티시에로 설립에 참가. 2014년 7월 케이크 가게 'MERCI BAKE'를 세타가야 쇼인 신사 앞에 오픈.

PERCH 페루치
센다가야의 카페 'Tas Yard' 설립을 돕고 빈티지 키친 용품 판매와 드링크 케이터링 등 다양하게 활약. 'PERCH'란 지인인 멕시코인 부부가 기르는 토이푸들의 이름으로 '털투성이'라는 의미.

column 03

◆ ◇ ◆

순(旬)과 단경기

일본에는 아름다운 사계절의 변화가 있습니다. 사계절은 일본에만 있는 것은 아니고, 지리적으로 보면 일본과 같은 경도에 있는 나라에도 사계절이 있습니다. 그러나 일본처럼 '사계'라고 생각하는 방법은 없을 것 같습니다. 계절이라는 것이 단순히 경도로 측정되는 것이 아니고 기후와 그것이 동반하는 풍토와 관련 있기 때문입니다.

당연히 '식' 문화와도 깊은 관련이 있습니다. 순의 음식재료를 계절에 맞춰 먹고, 그때그때의 미각을 눈과 혀로 맛보며 앞으로 올 계절에 대해 이것저것 생각합니다. 선조들은 순의 음식재료끼리 절묘한 배합을 찾아내어 계절 특유의 기쁨을 느껴왔습니다.

원래 '순'이란 달력에서는 '쥰'(일본어)이라고 읽으며, 일(1일), 주(7일), 순(10일), 월(30일), 년(365일)이라는 단위 중의 하나입니다. 월을 말할 때도 '상순', '중순', '하순'처럼 약 10일 단위로 말합니다. 또 '슌'이라고 읽을 때는 1년에서 단 10일간, 채소와 과일, 어패류 등이 가장 맛있는 시기를 지칭하는 말입니다.

대지는 계절마다 인간이 먹어야 하는 채소의 은혜를 베풉니다. 봄의 새싹 채소는 겨울 동안 쌓여 있던 몸 안의 노폐물을 배출시키고, 여름 채소는 더위로 쇠약해진 식욕과 정체된 대사를 촉진합니다. 가을부터 나오기 시작하는 뿌리채소류는 여름의 피로를 해소해 주고, 겨울을 대비하여 영양을 축적하는 작용을 합니다. 겨울이 되면 뿌리채소류도 잎채소류도 당도가 높아져 차가워진 몸을 따뜻하게 합니다. 순의 것을 먹으면 사람은 본래 가진 바이오리듬을 되찾을 수 있습니다.

가장 맛있고 풍성한 채소가 열리는 순의 계절도 있지만, 작물을 수확할 수 없는 계절도 있습니다. 이른바 '단경기'입니다. 계절이 변할 때 채소가 사라지는 시기를 말합니다.

미코토 가게에서는 기본적으로 순에 맞는 채소만 판매합니다. 여름과 가을의 채소가 끝나고 겨울 채소가 출하되기까지의 시기와 겨울과 봄 채소가 끝나서 여름 채소의 수확까지의 시기는 채소를 갖추지 못해서 무밖에 없는 시기도 있습니다. 대신 산채를 팔기도 합니다. 이런 일이 분명 자연의 리듬과 함께 살아가는 것이라 생각합니다.

슈퍼마켓 등에 가면 1년 내내 같은 채소가 산처럼 쌓여 있습니다. 계절의 이동이 애매해서 순과 단경기가 보이지 않습니다. 작물은 본래 기온과 습도를 감지하면서 자신에게 맞는 리듬으로 자라서 자신과 어울리는 계절에 열매를 맺습니다. 채취할 때 채취하고, 채취하지 않을 때는 채취하지 않는 것입니다. 그러므로 궁리와 지혜가 태어날 수 있었습니다. 아무리 여러 조리법으로 만들어도 무 하나를 매일 질리지 않고 먹을 수 있을까요? 메뉴가 아니라 소재가 있는 것입니다. 어떤 메뉴를 만들까 생각하는 자연스러운 사고 방식입니다.

요리는 좀 더 창조적인 것이 아닐까합니다. 계절을 따르면 창조적이라고 할 수 있습니다. 만약 1년 내내 같은 것을 살 수 있는 환경이라면 요리하는 사람이 사고할 기회를 상실할 것입니다.

창조적으로 요리하는 즐거움이 일상적으로 부엌에 있다면 식탁은 분명 풍부해질 것입니다. 그리고 '또 맛있는 시기가 되었네'라며 돌아온 채소가 계절의 소식이 되어 주겠죠.

앞으로의 미코토 가게

The future of micotoya

4

채소 가게
라는   일

    초등학생 시절, 아직 동네에는 머리에 수건을 둘러쓴 위세 좋은 아저씨와 가게 기둥에 매달은 바구니에 거스름돈이 들어 있는 채소 가게가 있었습니다. 엄마 심부름으로 가면 반드시 과일 같은 것을 덤으로 주던 걸걸한 목소리의 친절한 아저씨.

    "오늘은 배추가 맛있어요. 소송채는 부드러워서 살짝 데치면 촉촉해요!" 이렇게 저녁 식사 메뉴까지 조언해 줍니다. 저녁이면 사람이 모이는 채소 가게는 분명 어느 마을에든 있었을 것입니다.

    지금은 채소 가게보다는 역 근처에 있는 슈퍼마켓에서 사는 사람이 많을지도 모릅니다. 교외에는 대형복합시설 안에 슈퍼마켓 같은 작은 판매점이 있어서 필요한 물건은 그곳에서 모두 살 수 있는 편리한 시스템입니다.

'특판'이라는 이름을 내걸고 싸게 파는 상품도 있고, 깨끗한 채소와 잘라서 잘게 나눈 생선이 잘 정리되어 있습니다. 안전한 음식을 찾는 사람을 위해 생산자의 얼굴 사진을 붙여서 팔기도 하고, 휴대전화로 QR 코드를 찍으면 생산자의 정보, 생산 과정까지 볼 수 있는 시스템도 있습니다.

물건을 살 때 커뮤니케이션은 필요 없으며 기계적으로 물건을 살 수 있습니다. 소비자로서는 편리하고 고마운 시스템이 구축된 것일지도 모릅니다.

그러나 예전처럼 채소 가게 근처에 생선 가게가 그밖에 고기가게 맞은편에는 빵 가게와 두부 가게가 있던 상점 거리가 불편했던가 하고 생각해 보면 그렇지도 않습니다.

대형 슈퍼마켓에 가면 채소와 생선을 파는 곳의 거리가 짧아졌다고 해도 상점 거리와 그다지 차이는 없습니다. 조금 거리가 짧아지고 시간이 축소되면서 이런저런 쓸모없는 일이 늘어서 사람과의 연결은 희박해지고 음식이 간소화된 것도 사실입니다.

원래 '편리성'과 '건강' 그리고 '사람과의 연결'은 저울질하면 안 되는 것일지도 모릅니다. 사람은 다른 누군가의 온기 안에서 살아가고 싶어 하지 않을까 합니다.

옛날로 거슬러 올라가 보면 이 나라에는 가격과 편리함보다 더 존경받는 순수와 인정, 덕을 쌓는 것 등 다양한 방향의 가치관이 서민의 삶에서 숨 쉬고 있었던 것이 분명합니다.

그러므로 우리는 옛날 동네마다 있던 채소 가게 같은 존재가 되고 싶습니다. 점포는 없어도 커뮤니케이션으로 연결된 순수와 인정을 중요하게 생각하는 채소 가게가 되고 싶습니다.

채소 가게의
존재   의의

채소 가게라는 것은 생산자와 소비자를 연결하는 중개인 같은 일입니다.

단 좋은 것만 차입하는 것이 아니라 채소가 어떤 곳에서 어떻게 어떤 생각으로 길러졌는지, 채소 가게에는 본질을 전할 책임이 있습니다.

그것을 위해서는 산지를 방문해서 밭의 상황과 농가의 상황과 심경 등을 가능한 파악해 둘 필요가 있습니다.

어느 날 산지 담당인 데츠야가 한 농가와 전화를 하고 있었습니다. 팩스 한 장과 메일로 'ㅇㅇ 주세요', '네 보냈습니다'로도 발주하는 데 문제는 없지만, 일부러 직접 전화를 겁니다.

"그쪽 기후는 어떤가요?" 하면서 자연스레 이것저것 물으며 밭의 상황을 확인하고 "아아, 오늘은 기운이 없으시네요"라며 상대방의 상태를 묻기도 합니다. 그런 날들이 쌓이면 서로 신뢰할 수 있는 관계로 이어집니다. 언뜻 아날로그 방법 같지만, 사실은 가장 효율적입니다.

단순히 채소를 판매하는 것이 아니라 채소에 농부의 생각과 스토리를 입혀 커뮤니케이션을 통해서 '가격'이 아닌 '가치'를 높이고 싶습니다.

채소가 지닌 '돈으로 교환할 수 없는 무언가'를 발굴해서 전달하는 일에 주력하고 싶습니다.

채소는 어떻게 먹으면 맛있을까? 기본부터 기발한 아이디어까지 레시피와 함께 전할 수 있다면 모르는 채소라도 요리하는 사람의 의욕을 높여줄 것입니다. 보존 방법과 유통기한이 명확하면 좀 더 마음 놓고 살 수 있을 것입니다. 채소의 역사와 영양을 알면 좀 더 채소와 친근해질 것입니다.

채소를 깊이 알고, 채소를 즐기기 위한 아이디어와 레시피를 제안하여 풍부한 채식 생활을 지지하고 싶습니다. 이런 내용을 광고 전단으로 만들어서 판매할 때마다 택배 세트에 함께 넣어서 전하고 있습니다.

게다가 우리의 중요한 역할이 하나 더 있습니다. 그것은 먹어 준 사람들의 목소리를 농가에 돌려 주는 것입니다. 그렇게 생산자와 소비자의 거리를 줄이는 것이 유통에서 우리의 역할이라고 생각합니다.

채소 가게는 사러 오는 사람, 먹어 주는 사람에게 농부의 인품과 스토리에 대한 것을 알리는 노력도 필요합니다.

"잘 먹겠습니다"라는 말을 할 때, 식탁에 올라온 음식 하나하나에 대해서 우리는 얼마만큼 알고 있을까요?

예를 들면 이 쌀은 시골의 할아버지가 길러서 보내 준 것, 된장국은 집에서 만든 된장에 동네 시장에서 산 가고시마 현의 감자를 듬뿍 넣은 것이고, 이 조림은 옆집에서 받은 거, 그리고 이건 직접 만든 채소 절임…….

재료 하나하나에 사람의 생각이 담겨 있는 식탁이 우리가 생각하고 그리는 이상의 식탁이며 그런 식탁을 위한 후원이야말로 미코토 가게의 역할입니다.

최종적으로는 우리 같은 채소 가게가 없어져도 괜찮지 않을까 합니다.

실제로 지방에 가면 채소는 '사는 것'보다는 '받는 것'과 자신이 직접 '기른 것'이라는 의식이 있습니다. 하지만 도시에서는 인구 밀도의 불균형 때문에 지역 내에서 공급하는 것은 굉장히 어려운 것이 현실입니다.

그렇기에 우리 같은 채소 가게의 존재 의의가 있습니다. 소비자가 직접 농가로부터 사거나, 조금씩이라도 스스로 가정에서 채소를 기르거나, 동료끼리 밭을 공유하거나…… 이런 일들이 늘어나면 우리 같은 채소 가게는 역할이 끝날지도 모릅니다.

소비자가 확실한 주관을 갖고 판단하고, 스스로 선택할 수 있
는 안목을 가질 때, 그런 때가 되면 아주 좋은 세상이 될 거로 생
각합니다. 그런 사회라면 환영입니다.

그때, 우리는 또 새로운 무언가를 시작하면 됩니다. 그런 날
이 오는 것을 목표로 오늘도 저돌적으로 계속 여행할 것입니다.

우리의

소 비 를　　　　　　　**바꾸자**

　패션과 스포츠, 미술 등 취미와 오락에 대한 소비는 삶을 풍요
롭고 다채롭게 하는 데 중요합니다. 특히 우리 세대는 옷과 전자
제품 등 소비품에는 마음에 들면 꽤 비싼 돈이라도 아낌없이 내지
만, '매일 먹는 밥'에는 돈을 그다지 쓰지 않는 사람이 많습니다.
그것은 역시 '먹는 것은 남지 않아'라는 생각 때문일 것입니다.

　확실히 먹을 것은 입에 들어가면 눈에 보이지 않고, 옷과 잡화
처럼 몇 번이나 입거나 볼 수 있는 것은 아닙니다. '만족감'이라
는 의미에서는 순간적인 것일지도 모릅니다.

　그러나 현실에는 먹는 것만큼 나중까지 남는 것은 없습니다.
우리의 몸은 먹은 것과 마신 것으로 이루어지기 때문입니다. 인
간의 몸은 70%가 수분이며, 남은 30%는 탄소라고 합니다. 탄소

란 우리의 에너지원으로 결국 단백질과 지방, 탄수화물 같은 것으로 이루어져 있습니다. 그것은 오늘 먹은 밥이고 내일 우리를 기르는 원천입니다. 매일의 식사를 적당히 때우는 것은 자신의 몸과 가족의 몸까지 적당히 여기는 것이 됩니다.

또한, 매일의 식사에는 많은 돈을 투자할 수 없다는 이유가 하나 더 있습니다.

좋은 음식재료는 '비싸다'라는 의식이 있기 때문입니다. 매일 먹는 것이니까 그야말로 절약하지 않으면 안 된다고 생각하는 것이겠죠. 물론 그것도 이해는 됩니다.

다만 한 가지 확실히 말하고 싶은 것은 좋은 음식재료가 결코 '비싼 것'은 아니라는 점입니다. 오히려 슈퍼마켓과 할인매장에 진열된 식재료가 '정말 싼 것'입니다.

쉽게 한 입에 먹을 수 있는 채소지만 작은 농가가 작은 밭에서 직접 재배하고, 자연의 힘으로 천천히 기른 당근 한 개와 대규모 농가의 끝없이 펼쳐진 밭에서 중기계와 화학의 힘으로 기른 당근이 같은 무대에서 겨루고 있습니다.

좋은 재료를 사용해서 정성스레 수고를 들여 만든 것은 먹는 것이든 삶의 도구이든 나름의 가격을 동반합니다.

한편 싼 것은 재료가 조악하거나 효율화를 중시해서 대충 생산 관리하거나 해외의 싼 노동력에 의지한 것이라는 배경이 있는 것도 사실입니다.

물론 가격을 내리기 위한 생산, 판매 쪽의 여러 경영 노력도 있다고 생각합니다. 하지만 그것이 무슨 재료로 어떤 곳에서 어떻게 만들어졌는가를 아는 것은 어렵지 않습니다.

대부분의 '싼 가격'은 바다 저편의 누군가의 가혹한 노동과 저임금을 통해 이루어진 것이며, 대량생산과 대량 폐기의 반복으로 이루어지며, 대기와 토양을 오염시키면서 이루어진다는 것을 깨닫게 됩니다.

그렇게 만들어진 것에 돈을 쓰는 것은 악의는 없어도 그런 생산자와 생산 과정을 지원하는 것과 이어지고 맙니다. 뒤집어 생각하면 가까운 미래에 나쁜 유산을 남길 것입니다.

확실히 여러 가지 문제와 위기는 우리의 눈앞에 구체적으로 나타나지 않으므로 의식적으로 생각해야 합니다. 예를 들면 지구의 자원 고갈, 미래의 수질 오염, 땅을 둘러싼 분쟁……

온갖 문제는 자신과 거리가 있으면 있을수록 타인의 일이 되어버립니다. 그러나 사실은 넓은 세계도 앞으로의 미래도 전부 지금의 나와 연결되어 있습니다. 우리는 좀 더 상상할 필요가 있습니다.

그렇다고 철저한 유기농만 추천하고 양질의 것만 사서 모으자고 말하는 것은 아닙니다. 싸고 좋은 것도 있으니까요. 단, 자신이 평소 입에 넣는 것과 입는 것이 어떻게 생산되어 어디에서 오는지 배경을 조금이라도 생각해 봤으면 합니다.

무엇을 먹을지, 무엇을 입을까 하는 선택이 사회와 미래에 점점 영향을 초래한다는 것을 생각해 봤으면 합니다.

농약을
사용한다는　　　　　　　　것

농약의 유해성은 가장 가까이에서 사용하는 농가가 잘 알고 있습니다. 미코토 가게가 방문한 농가도 실제로 농약의 두려움을 몸으로 알고 있으며 무농약으로 전향한 사례가 많습니다. 운젠의 이와사키 씨도 그렇습니다.

예전부터 이와사키 씨는 지역 생산 모임의 리더로서 농약을 사용한 재배에 솔선해서 몰두했습니다. 어떻게 하면 벌레와 병을 잡을 수 있는지 자신도 있어 남달리 농약을 더 많이 사용했다고 합니다.

그러나 딱 그 무렵 몸의 상태가 안 좋아져서 병원을 전전했지만 확실한 이유를 알 수 없었습니다. 어렴풋이 농약이 원인은 아닐까 하고 느꼈지만, 의사는 "절대 그럴 리 없어요"라고 귀담아 듣지 않았다고 합니다. 날이 지날수록 농약에 대한 불신감이 높아지던 중 사건이 하나 일어났습니다.

그 해, 새로운 농약으로 공동 방역을 했습니다. 지역의 농가가 모여서 70m 정도의 호스를 들고서 농약을 뿌린 직후, 많은 수의 농부가 몸이 안 좋아졌다고 호소했습니다. 이후 이와사키 씨는 농약을 사용하지 않겠다는 결심을 했다고 합니다.

위험을 알면서도 농가는 왜 농약을 사용하는 것일까요? 이유는 단 하나입니다. 지금까지 말했듯 일반 시장에서는 규격 외의 채소는 받아 주지 않기 때문입니다.

"위험한 농약 같은 것은 사용하지 말자!"라고 목소리를 높여 외치는 것은 고령화하는 농가의 사정을 생각하면 가볍게 말할 수 있는 문제는 아닙니다.

무농약 농업에 흥미를 품기 시작할 무렵, 일반 농가에 "농약 사용을 포기하시는 건가요?"라고 물은 적이 있습니다. 농부는 말했습니다.

"자네, 농사지어 본 적 있어?"

그 해, 농약의 세계에 뛰어들었습니다. 알지 못하면 할 수 없는 일도 있다고 생각했기 때문입니다. 여름철의 햇볕 속에서 하루 내내 허리를 굽히고 잡초를 뽑는 것은 정말 힘든 일이었습니다. 수작업으로 벌레를 골라내는 것은 영혼이 나가는 작업이었습니다. 게다가 규격에 맞지 않으면 팔 수 없었습니다. 이것은 농가에는 사활이 걸린 문제입니다. 일방적으로 농가에 책임을 지우는 것만으로는 상황은 아무것도 바뀌지 않는다는 것을 알았습니다.

또한, 지금의 사회 구조에서는 나라와 농협에 맡겨서는 아무
것도 변하지 않는다는 것도 알았습니다. 미코토 가게를 시작한
계기와도 연결됩니다.

극단적으로 말하면 소비자가 겉모습에 연연하면서 농약을 사
용한 채소를 사는 것은 '농약 사용에 찬성합니다'라는 뜻입니다.
소비자가 원하기 때문에 만드는 것입니다.

소비자인 우리 한 사람 한 사람의 선택이 쌓인 결과가 이런 규
격 유통을 만든 것입니다.

반대로 말하면 소비자가 사지 않으면 누구도 만들지 않을 것입
니다. 그러나 불매운동을 촉구하는 것은 아닙니다.

"그렇다면 농약을 사용하지 않고 기른 맛있는 채소를 퍼뜨릴
수밖에 없네!"

당시 그런 마음이 용솟음쳤던 것을 기억합니다.

미코토 가게를 시작하면서 농약에 대한 의식은 여러 가지 활동
을 통해서 다양한 방향으로 변했습니다.

예를 들면 희소한 재래 작물을 차세대에 물려주기 위해 노력
하는 농가의 사명감은 감히 판단할 수 있는 것이 아닙니다. 하지
만, "농약을 사용하지 않으면 이 씨앗은 살아남지 못할 수도 있
다." 그런 상황이 되었을 때 우리는 어떻게 하면 좋을까요? "농약
을 사용하니까 미코토 가게에서는 취급할 수 없습니다"라며 모른
척 하고 싶지 않습니다.

   또한, 지금까지 농약을 사용한 농가가 자연 재배로 전환한다
고 합시다. 밭의 전 면적을 한 번에 무농약, 무화학비료로 전향했
는데 잘 자라지 않으면 농가의 삶은 무너질지도 모릅니다. 그렇
다면 관행 재배와 병행해서 조금씩 자연 재배 면적을 넓히는 것
이 좋지 않을까요?

   머릿속에 생각만 많던 우리의 농약에 대한 혐오감도 미코토 가
게 활동을 통해서 유연하게 변했습니다. 농약 자체를 지지할 생
각은 아니지만 필요한 때와 장소에 맞춰서 어느 정도는 사용할
수 있습니다. 그것이 신뢰하는 농가의 판단이라면 우리는 기본적
으로 지지합니다. 농가도 우리의 마음에 가능한 한 응하기 위해
서 아슬아슬하게 버티어 주기도 합니다.

   소비자의 작은 의식이 모이면 만드는 사람의 의식을 바꿀 수
있습니다. 그것은 머지않아 큰 힘이 되어 사회를 바꿀 정도로 커
질 것입니다.

   농약 사용량은 매해 증가하고 있습니다. 결국, 벌레와 병이 늘
고 있다는 것, 땅의 힘이 약해지고 있다는 것을 의미합니다. 미래
에 건전한 땅을 물려줄 수 있을까요? 열쇠를 쥐고 있는 것은 소
비자라고 생각합니다.

소비가

사회를   **만든다**

돈을 들이지 않고, 삶의 지혜와 기술을 갖고 산속에서 완전히
자급자족하며 살 수 있다면 정말 멋진 일입니다.

미코토 가게에 채소를 보내 주는 농가나 친구 중에 돈을 거의
사용하지 않고 사는 사람들이 있습니다. 그들의 삶은 원시적이며
아주 아름답습니다. 없으면 없는 대로 궁리하면서 대신할 무언가
를 만듭니다. 그들의 창조적인 일상을 동경합니다.

그러나 누구나 그런 삶을 간단히 살 수 있는 것은 아닙니다. 대
부분 사람에게 돈은 사회를 살아가는데 떼려야 뗄 수 없는 존재
이기 때문입니다.

그렇다면 돈과 어떻게 공생하며 살아야 할까요? 우리는 좀 더
의식을 가질 필요가 있습니다.

"어떻게 돈을 벌까?"

"어떻게 돈을 사용할까?"

돈과 잘 지내면서 마음 편하게 지내는 핵심 사항은 여기에 있습니다.

우리는 일하기 위해 사는 것이 아니라 살기 위해 일합니다. 살아갈 양식을 얻기 위해 일하고, 대가로써 돈을 얻습니다.

살기 위해 일하고, 살기 위해 먹고, 살기 위해 입습니다.

모든 목적은 '즐겁고 행복하게 살아가는 것'이고, 일하고 먹는 것은 '어떻게 사는가?' 하는 것을 위한 선택입니다. 그러니까 선택에는 나만의 취향이 있다고 생각합니다.

미코토 가게의 거점이 있는 요코하마 시 북부에서는 어린 시절부터 가족과 친구와 다녔던 작은 음식점들이 점점 간판을 내리고 있습니다. 가게의 운영 방식은 나빴을지도 모르지만, 맛도 접객 서비스도 좋은 괜찮은 가게들뿐입니다.

하지만 사회의 파도에 휘말려버린 겁니다. 대신 프랜차이즈 음식점이 들어오고, 대형 쇼핑몰이 계속 늘어납니다. 물론 패스트푸드도 때로는 편리합니다. 오랜 시간 머무를 수 있는 패밀리 레스토랑도 때때로 방문합니다.

그러나 사실은 모두 프랜차이즈 가게의 식사보다 개인 레스토랑 쪽이 맛있다는 것을 알고 있습니다. 품이 들지 않는 조리, 확실한 음식재료, 인건비도 원가율도 현격히 다릅니다. 잘 생각하면 프렌차이즈 쪽이 경제적으로도 이득입니다.

좀 고리타분한 말을 하자면 역시 '요리는 애정'입니다. 어머니의 요리가 맛있는 것은, 부인이 싸 준 도시락이 맛있는 것은 애정이 들어 있기 때문입니다.

우리는 패밀리 레스토랑에서 아르바이트생이 '빨리 돌아가고 싶다—'라는 생각을 하면서 매뉴얼대로 만든 햄버거보다 작은 경양식 가게 아줌마가 '맛있어져라—'라며 정성스럽게 만든 햄버거를 먹고 싶어 합니다.

이것은 먹는 것에만 한정되지 않고, 마음이 들어간 옷과 삶의 도구를 오랫동안 사용하는 쪽이 기분 좋을 것입니다. 그리고 그것은 양심적으로 남의 눈을 속이지 않는 물건을 만드는 사람들의 삶을 지탱해 주는 것과 연결됩니다.

사람은 돈에 대해 그다지 말하고 싶어 하지 않습니다. 그것은 돈은 '더러운 것', '비열한 것'이라는 의식이 어딘가에 잠재되어 있기 때문입니다.

하지만 돈에 죄가 있는 것일까요? 만약 죄가 있다면 그것을 버는 사람과 사용하는 사람의 마음속에 있는 것이겠죠. 돈을 깨끗한 것으로 취급하고 살아 있는 돈으로써 소중하게 사용한다면 돈은 아름답게 유지될 것입니다. '아름다운 것'이라고 생각할지도 모릅니다. 분명 그것은 많은 사람을 돕고, 더욱 좋은 사회로 이끄는 긍정적인 힘이 되어 줄 것입니다.

어떤 나라에서 태어나, 어떤 집에서 살고, 어떤 친구들과 만나서,.어떤 연애를 하고, 어떤 책을 읽고, 어떤 음악을 듣고, 누구와 무엇에 둘러싸여 날마다 보내는가. 그런 일상의 축적과 삶의 방식이 이 마을, 이 나라, 이 세계를 만들어 갑니다.

이처럼 사회나 경제는 우리의 소비로 이루어집니다. 우리가 확실히 의사와 책임을 다할 수 있다면 세계는 어떻게든 변할 것입니다. 저는 그렇게 생각합니다. 왜냐하면, 우리 한 사람 한 사람의 힘은 예측할 수 없을 정도로 크고, 선택권은 우리의 손안에 있기 때문입니다.

조금 더 솔직하게 말한다면 지금의 불평등, 부조리한 사회를 바꾸고 싶고, 더욱 좋게 만들고 싶습니다. 그럼 우리 같이 작은 채소 가게가 할 수 있는 것은 무엇일까요?

채소를 통해서 소비자의 의식을 긍정적으로 바꾸는 것입니다. 우리는 정성스럽게 기른 채소와 과일을 사들여서 자신 있게 적정한 가격을 붙입니다. 그리고 적정성을 느낄 수 있도록 판매합니다. 음식 분야부터 사회의 소비 동향을 바꾸고 싶습니다.

물론 무언가를 선택하는 것은 자유롭고 개방적이어야만 합니다. 좋아하는 음악을 듣고, 좋아하는 옷을 입는 것처럼 좋아하는 채소를 선택해서 좋아하는 것을 먹는 것이 제일입니다. 좋아하는 것에 둘러싸이는 것은 무엇보다 행복한 일입니다.

다만 그때 우리의 행복만을 바라는 것이 아니고, 우리의 행복이 다른 사람의 행복과 미래의 행복을 만든다는 생각을 하면 행복은 순환할 것입니다.

미코토 가게의 활동을 통해서 이런 바람을 전할 수 있다면 좋
겠습니다.

앞으로의
미코토   가게

솔직히 말하면 우리가 즐겁고, 게다가 사회와 타인에게 필요
한 것이라면 채소 가게가 아니어도 괜찮다고 생각합니다. 실제로
좋아하는 것을 일로 하는 것보다 일을 통해서 좋아하는 것을 하
고 있습니다.

지금이라도 정말로 채소를 제일 좋아하느냐고 묻는다면 답은
'노'입니다. 물론 채소를 굉장히 좋아하지만 저는 고기도 좋아하
고, 좋아하는 것은 그 밖에도 많이 있습니다.

그래도 확실한 것은 미코토 가게라는 작은 소매상이 큰 행복을
느끼게 해 준다는 것입니다. 그렇기에 미코토 가게가 점점 좋아
지고 있습니다. 이것은 정말 감사한 일입니다.

더욱더 고마운 것은 우리에게는 아직 하지 않은 일과 하고 싶

은 일이 산처럼 많다는 것입니다.

매상의 중심인 채소 택배 건수는 천천히 늘고 있습니다. 좀 더 많은 사람에게 채소를 전달하고 싶고 조금이라도 생활에 파고들 노력도 필요합니다. 숙제는 아직도 많습니다.

솔직히 우선 채소 가게는 낭비 덩어리입니다.

산지로부터 우리가 있는 곳에 오는 운송료가 헛됩니다. 운송 에너지도 헛되고, 선도도 그렇습니다. 이런 것을 팔아서 돈을 벌고 있습니다. 이런 헛됨을 어떻게 극복할 것인가, 그것은 앞으로의 과제입니다.

또 인연이 된다면 점포도 갖고 싶습니다. 가게에서 음식을 판매하면 남은 채소에 대한 불안도 해결될 것이고 과감히 발주할 수도 있기 때문입니다.

나중에는 좀 더 핵심을 파헤치는 여행도 하고 싶습니다. 일본 '무' 여행, '푸른 채소 여행.' 일본이 자랑하는 각지의 전통 음식 문화는 국내뿐만 아니라 해외에도 발신하고 싶고 여러 사람과 교류하고 싶습니다. 미코토 가게와 인연이 있는 밭을 돌면서 밭의 레스토랑 투어도 하고 싶습니다.

우리는 부정기적이지만 'Dish on Delish'라는 이벤트를 열고 있습니다. 매번 게스트 셰프를 초대해서 미코토 가게가 엄선한 채소와 음식재료를 실시간으로 조리해서 모두 함께 식탁에 둘러 앉아 먹습니다. 야외나 스튜디오일 때도 있고, 농가의 집일 때도 있고 장소는 제각각입니다. 앞으로도 여러 곳에서 이벤트를 하고 싶습니다.

'Dish on Delish'는 미코토 가게의 채소를 다 함께 먹고 싶다는 마음도 있지만, 상황에 따라 먹는 것이 크게 변한다는 것을 안다는 목적도 있습니다.

"무엇을 먹을까?"라는 것 전에 "누구와", "어디에서", "어떻게 먹을까?"에 따라 먹는 것의 즐거움은 무한대로 넓어집니다.

처음 만난 사람들과 함께 먹는 것. 음식재료의 배경을 상상하면서 먹는 것. 자연 속에서 먹는 것. 모두 함께 떠들썩하게 먹는 것은 최고이며, 때로는 혼자서 생각에 잠겨 먹는 것도 좋습니다. 여러 상황에서 맛을 보는 것은 먹는 것의 재미와 깊이를 알려 줍니다.

소비자에게 더 많은 것을 제공해서 먹는 것에 흥미를 준다면 스스로 선택한 음식재료를 음미할 수 있습니다. 그렇게 된다면 지금보다 좀 더 마음이 담긴 '잘 먹었습니다'를 들을 수 있을 것입니다.

지금 우리처럼 작은 가게에서 자신의 생각을 표현하는 동료가 늘어나고 있습니다. 파머스 마켓과 좋은 품질의 식료품점 등도 현격히 늘었습니다. 그것은 많은 사람이 지금까지의 의존형 소비가 아니라 자립형, 참가형 소비를 원하고 있다는 증거라고 생각합니다.

믿음직스러운 시장이 확실히 성장하면 나중에는 생산자의 위험과 부담을 어느 정도 해소할 수 있지 않을까요? 채소 가게로서는 좀 더 젊은 생산자와 앞으로 새롭게 농업을 시작하려는 사람들이 안심하고 재배해서 수확할 수 있는 후원 체제를 정리해야 합니다.

먼저 눈앞에 있는 것을 하나하나 쌓아올리지 않으면 미래는 변하지 않습니다. 지금 하고 있는 일을 통해 누군가의 미래와 앞으로의 미래가 조금이라도 좋아진다면 기쁠 것입니다.

마치며

이제, 어느새 이 원고와도 헤어질 시간입니다.

마지막은 채소 가게다운 '먹는 것'에 대해서 우리가 전하고 싶은 것을 써야겠다고 생각했습니다. '먹는 것은 사는 것.' 계속 그렇게 생각했습니다. 그러니까 '안전한 것을 먹읍시다'라는 당연한 것을 말하려고 하는 것은 아닙니다. 사실 눈앞에 있는 먹을 것이 자연인가, 자연이 아닌가? 우리는 그것을 본능적으로 판단할 수 있기 때문입니다.

옛날 사람이 구름의 움직임으로 기후를 읽고, 별의 반짝임으로 방향을 알고, 바람 소식과 벌레의 알림을 느끼듯 우리 안에도 그런 자연과 조화된 감각이 분명히 아직 살아 있습니다. 예를 들면 아침 햇살을 느끼고, 바람에 흔들리고, 별을 바라보는 그런 일상에 녹아들어 있을지도 모릅니다. 산을 오르고, 숲을 달리고, 바다에서 수영하고, 자연과 실컷 놀면서 발견할 수 있을지도 모릅니다. 그리고 그것은 자연의 은혜를 감사하게 생각하는 것에서 발견할지도 모릅니다.

언제든 자연은 바로 옆에서 우리를 돌봐 주고 있습니다. 어떤 시대라도 어떤 사회라도 자연과 조화로운 감각은 우리를 더욱 좋은 방향으로 이끕니다.

그러므로 미코토 가게는 자연과 함께 살아가는 것을 채소를 통해서 전하고 싶습니다.

그렇게 생각합니다.

미코토 가게를 시작한 지 벌써 5년입니다. 여전히 우리의 변화는 둔감하며 느긋합니다. 잘될 때는 앞만 보고 달리지만, 넘어질 때는 한탄하며 고개를 떨구는 일상의 반복입니다.

그러나 분명 인생은 3보 전진하면 2보 후퇴합니다. 성공도 실패도 모두 껴안으며 즐겁게 하려고 합니다.

여러분, 앞으로도 부디 채소 가게 미코토 가게의 편이 되어 주세요!

여행하는
채소 가게

2016년 03월 25일 초판 1쇄 인쇄
2016년 04월 5일 초판 1쇄 발행

지은이 스즈키 뎃페이 • 야마시로 도오루
옮긴이 문희언

펴낸이 정상석
기획 • 편집 문희언
디자인 여만엽
브랜드 haru(하루)
펴낸 곳 터닝포인트(www.turningpoint.co.kr)
등록번호 2005. 2. 17 제6-738호
주소 (121-868) 서울시 마포구 동교로27길 53 지남빌딩 308호
전화 (02) 332-7646
팩스 (02) 3142-7646
ISBN 978-89-94158-87-7 03830
정가 13,000원

haru(하루)는 터닝포인트의 인문·교양·에세이 임프린트입니다.

이 도서의 국립중앙도서관 출판예정도서목록(CIP)은 서지정보유통지원시스템 홈페이지(http://seoji.
nl.go.kr)와 국가자료공동목록시스템(http://www.nl.go.kr/kolisnet)에서 이용하실 수 있습니다.
(CIP제어번호: CIP2016006486)